SHY NOVELS

少年は神の子を宿す

夜光花

イラスト 奈良千春

CONTENTS

少年は神の子を宿す

1 モルガンの子

Morgan's Children

私は小さい頃から、この世で一番、母が恐ろしかった。

母という存在が、優しく母性に満ち溢れたものだと知ったのは、大人になってからだ。私にとっての母は、絶大な支配力を持ち、決して逆らうことのできない恐怖の象徴だった。

物心ついた時にはこの人の言うことを聞かなければ命はないだろうと悟っていた。

母の名前はモルガン。キャメロット王国に呪いをかけた魔女としてキャメロットの民なら誰もが知る存在だ。

私はモルガンと隠者ネイマーの間に生まれた。三つ上の兄のマーリンと、九つ下の弟のジュリという兄弟がいる。

名はガルダという。ネイマーがつけてくれたと聞く。私は魔術に関してはあまり才能がなかった。小さい頃から私に失望するモルガンの顔を何度も見てきた。兄のマーリンはモルガンの血を色濃く受け継いでいて、高度な魔術も一度か二度の実践で会得することができた。モルガンは私に早々に見切りをつけ、私は雑用係を任された。

兄弟とはいえ、私とマーリンは仲がよくない。マーリンは何を考えているのか分からない寡黙な性格で、私の面倒を見ることもなければ遊んでくれることもなかった。マーリンはひたすら魔術の練習をすることで母の機嫌をとっていたのだ。

弟のジュリは、生まれた翌日に消えた。どこへ行ったのかマーリンに聞くと、「お前は何も知らなくていい」とそっけなく言われた。殺されたのかと暗鬱《あんうつ》たる気持ちになった。だが、十三歳の時、それは違っていたと知った。

「ガルダ、お前は王都に行き、神官になるのです」

モルガンは私に向かってそう言い、末の弟が神の子として神殿で暮らしているという事実を明かした。神の子を騙《かた》るなんて、だいそれた真似だ。私は恐ろしさに震えたが、モルガンは私に神官となり、偽の神の子を育てろと命じた。魔女の子が神官になんてなれるわけがないと思ったが、モルガンはどこからか手に入れた高名な貴族の推薦状を私に持たせ、王都に向かわせた。マーリンにも似たような命令が下った。

マーリンは王国の第一王子であるアーサーに取り入り、魔術師として王宮に召し抱えられた。私たち兄弟は正体を隠し、互いに初めて会ったかのような態度で接したのだ。

私は神官となるべく神殿で勉強に励んだ。魔術の力はそれほど必要ではなく、神官としての知識、祭儀の執《と》り行《おこな》い、神の子の教育などが主な仕事だ。

私は生まれて初めて生きる喜びを知った。

モルガンの下では知らなかった平和な気持ち、穏やかな生活、死の恐怖にさらされることのない毎日——私は神殿で暮らすことに生き甲斐《いがい》を感じるようになっていた。神官の試験に無事に合格し、神殿での地位も確立した。モルガンの元では「使えない子」でしかなかった私が、他人から褒《ほ》められ、尊敬される。私はこの暮らしが永遠に続けばいいと願った。

ある時、闘いが起きた。

キャメロット王国に与《くみ》しなかった地方に住む部族と、騎士団との闘いだ。闘いは長く続かなかった。騎士団の圧倒的な力でその部族は滅ぼされた。騎士団は女性や子どもには剣を向けない。だが、その部族は負けを悟ると自ら命を絶つという、信じられないほど誇り高き部族だった。騎士団はかろうじて死を免《まぬか》れた幼子を数名、王都に連れてきた。彼らは孤児となり、施設で暮らすようになった。

ある日、私は薬草の苗を買いに街へ出た。薬草を売っていたのは、施設の孤児たちだった。この国では身寄りのない孤児は街の外れにある施設に集められ暮らしている。施設では収入を得るために遠くの野山に出かけ、珍しい草花を採ってくるという。孤児たちの中で、頭の良い子がいた。薬草の知識も素晴らしく、計算も速い。まだ六、七歳くらいだが、孤児たちの中ではひときわ目立っていた。

少年の名前はサン。私はサンを気に入り、薬草が必要な時は彼に頼むようになった。数度目に会った時、私はサンに神殿で働かないかと声をかけた。ちょうど従者を探していたところだったのだ。当時、ジュリが十二歳、話し相手にもなるだろうと考えたのもあった。

「本当ですか？　僕が神殿に？」

サンは私の申し出に目をきらきらさせた。神殿に入れば、今後の生活は保証されたようなものだ。話はとんとん拍子に進み、私は施設からサンを従者として引きとった。

サンは子どもらしい子どもだった。

サンを見ていると、手に入らなかった子ども時代を得ているような気分になった。明るく活発で意欲に満ちた姿は、微笑ましいものだった。

だがその一方で、ジュリが子どもらしい子どもではないことにも気づかされた。

ジュリは大人しく、聡明で、綺麗な子どもだ。神の子として神殿の奥深くで暮らし、ふつうの子どものように自由に外を出歩くことも、友達を作ることもない。ふつうならば不満を募らせ、悩み苦しむものだ。けれどジュリにはそういう当たり前の感情が欠落していた。感情が見えない、というか、何を考えているかまったく分からない。棚に置かれた花瓶のように静かにそこにいるだけ。マーリンも何を考えているか分からなかったが、ジュリはそれ以上だ。

ジュリが十歳の時に、モルガンの子どもだという事実を教えた。遠くにいながら話せる鏡をモルガンから渡されていたので、ジュリはモルガンから直接、出生の秘密を伝えられたのだ。ジュリは……まぎれもなくモルガンの子どもだった。控えめに微笑む裏で、血を欲する化け物だった。

サンはジュリの本性にはまったく気づかず、ジュリを好いていた。ジュリのたおやかなしぐさや穏やかな受け答えが、彼を神の子として崇拝すべき存在たらしめていたのだろう。ジュリを尊敬し、甲斐甲斐しく世話をしていた。

不気味な兆候はすでにあった。

けれど私はそれらから目を逸らし、一見穏やかな暮らしに甘んじていた。

このままずっとこうしていたい。そんな願いを抱きながら。


ジュリが原因不明の病で亡くなった時、私は心の底からホッとした。呪術の気配があったので、おそらくマーリンがジュリの命を奪ったのだろうと推測してはいた。大胆な真似をするマーリンには恐れ入った。マーリンはモルガンが怖くないのだろうか？　私にはとてもできない。

神の子を死なせたとあっては、神官長としての私は終わりだ。ここを去るのも仕方ないと思いながら、モルガンに鏡を使ってジュリの死を報告した。

「もう一人のジュリを呼びなさい。二つの月が赤く染まる時、あなたは次元を超えてもう一人のジュリをこの世界に連れてくるのです」

モルガンは思いがけない命令を下した。

この時初めて、モルガンが魂分《たまわ》けの術を使ってもう一人のジュリを生み出していたことについて知らされた。モルガンの魔術のすごさは知っていたつもりだったが、禁忌に触れる魔術を躊躇《ちゅうちょ》なく使うモルガンにますます惧《おそ》れを抱いた。同時にどうしてジュリにだけ魂分けの術を使ったのか疑念を抱いた。能力の低い私はともかく、何故マーリンにその術を使わなかったのだろう？

モルガンはマーリンが裏切ることを知っていたのだろうか？　だからジュリにだけ術を？　理由は聞けなかったが、モルガンなら未来が視《み》えるのかもしれないと考えて震え上がった。

私は月の魔力を借り、次元を超え、もう一人の樹里《じゅり》をこの世界に呼び寄せた。

それから先は、めまぐるしい日々だった。ジュリと違い、樹里は仕種は乱暴で言葉遣いも悪いし、何をするのか予測もつかない無鉄砲な性格をしていた。けれどジュリと真逆の優しい少年で、いつも明るく私に笑いかけてきた。

この少年を守っていけるならいいのにと願ったが、ジュリが甦り、事態は急展開した。甦ったジュリはモルガンの化身のように人の命を平気で奪った。王都は荒れ、暗雲が立ち込めた。ジュリは好き放題にキャメロットの民を弄《もてあそ》んだ。人々の怯《おび》えた顔や、苦痛に歪む顔を見るのが楽しいと私に囁《ささや》いた。ジュリは枷《かせ》を解かれた怪物のように、人々を虐殺していったのだ。

私はじっと神殿の奥に身を潜めていた。

この事態を招いたのが自分であることを認めたくなかった。

やがてアーサー王子が王都に戻り、魔法の剣でジュリを倒した。しかし、ジュリはモルガンの手によって命を取り留めた。私は王宮の近くで隠れていた。モルガンによって街にいた人々が残酷に次々と殺されるのを目の当《ま》たり《あ》にし、この人には逆らえないと私は再認識した。

「ガルダ」

瓦礫《がれき》の陰に隠れていた私を、モルガンは目ざとく見つけた。私がおそるおそる姿を現すと、モルガンは片方の腕にぐったりしたジュリを抱えていた。ジュリの左腕からは大量の血が流れていた。

「この鏡を樹里に渡しなさい。よいですね？」

モルガンは懐《ふところ》から取り出した手鏡を私に差し出した。私は恐怖にわななきながら、それを受けとった。楕円形の手鏡は、モルガンとの通信に使うものだろう。

私が手鏡を受けとると、モルガンは目の前から消えた。

その場に残ったのはジュリの腕から流れ落ちた血のみだ。

私は急いで、神殿に戻った。モルガンは神殿に入ることができないのだ。大人しく神殿にこもっていればよかったと後悔した。この手鏡を樹里に渡す時を想像し、胸が苦しくなった。樹里は自分があの恐ろしいモルガンの子どもだということをまだ知らない。知ったらどうなるのか、憐れでいたたまれなくなった。

神殿に戻り、何度も手鏡を割ろうと考えた。

けれど、どうしてもできなかった。結局、私はモルガンの呪縛から逃れられない。どうして私はあの人から生まれたのだろう。マーリンのように強力な魔術が使えたら、反逆することができたかもしれない。モルガンに忠誠を誓うことも、逆らうこともできない中途半端な自分。信念すら持たないちっぽけな存在だ。

私は死ぬことも痛みを感じることも怖かった。どこか遠くに逃げたいと思っているのに、モルガンの激昂《げっこう》を恐れて逃げることもできない。

王都を離れる前、私は樹里に手鏡を見せた。

私はモルガンの棲《す》むエウリケ山に戻った。

最初に夜を明かした洞穴《どうけつ》を出ると、どうしてかエウリケ山の中腹にいた。きっとモルガンが呼び寄せたのだろう。重い足どりでモルガンの屋敷に足を踏み入れた。

モルガンの屋敷は山の中にあり、ふつうの人間は入ることができない。特別な術が施されていて、山の急斜面に建てられた屋敷だというのに奥行きが広く、部屋は無数に存在する。贅《ぜい》の限りを尽くした豪華な家具や寝台、金のきらびやかな装飾の柱、美しい絵の描かれた天井、すべてはまやかしなのだろうが、手で触れるとしっかりした感触があるし、存在感もある。

長い廊下を歩いていると、呻《うめ》き声《ごえ》が聞こえてきた。

私は怖々と声のする部屋に近づいた。ドアを開けると、そこは氷の世界だった。壁も床も天井も柱も、すべて氷でできている。

部屋中氷でできているせいか、中央の床におびただしく流れる赤い血が真っ先に目に入った。

「痛い……苦しい……、苦しい……」

床に転がって悶え苦しんでいるのはジュリだった。

王都から連れ出された時と同じ白い衣を着ているジュリは、左腕の肘から先を失っている。しかも、その切り口からはとめどなく血が流れている。ジュリの左腕はアーサーが斬り落とした。アーサーは魔法の剣で、ジュリを追いつめたのだ。ジュリには幾重にも術がかけられていて、ふつうの剣では傷一つつけられないはずなのに。未《いま》だに傷が治らないなんて、アーサーはどうやったのだろう。

「戻りましたか」

冷淡な目でモルガンが口を開いた。モルガンは段差のある高い場所にある氷の椅子に腰を下ろし、ジュリの苦しむ様を見下ろしていた。

「は、はい……。ご命令どおり樹里には手鏡を渡しました」

私は跪《ひざまず》いて報告した。

「そう」

モルガンはそっけなく言うと、優雅な仕種で立ち上がった。モルガンが歩くたびに滑らかな絹のドレスが揺れている。私は顔を上げることさえできないまま、鼓動を速めていた。

「ガルダ、ジュリの身体をうつぶせで押さえつけなさい」

モルガンは抑揚のない声で言った。

「は……？　は、はい……」

私は戸惑いつつ、言われた通りにした。ジュリの背中を押さえつけ、そっとモルガンを仰ぎ見る。

「母上……、母上、助けて下さい……痛い……、痛い」

ジュリは床に顔を押さえつけられながら、苦痛に喘《あえ》いでいる。私はどきりとした。モルガンの手にいつの間にか剣が握られていたのだ。この氷の部屋で、刃のきらめきはいっそう私の心を凍りつかせた。

「は、母上、何を……？」

私は口の中がカラカラになってしまい、問いかける声もかすれていた。

モルガンは躊躇なく剣を振り上げた。

「ぎゃあああああ‼」

部屋中にジュリの悲鳴が響いた。

モルガンはジュリの肩口から、残っていた左腕を肩から斬り落としたのだ。鮮血が噴き出し、あまりの恐ろしさに私はジュリから飛び退《との》いた。

「ひぎいい！　ぎゃああ、あぐ……っ、が……っ‼」

ジュリは部屋中をのた打ち回って血をあちこちに飛び散らせた。モルガンは剣を床に放り投げた。

「止血してやりなさい。血は止まるはずです」

モルガンに言われ、私は震える足で意識を失いかけているジュリに近づいた。着ていた衣服を切り裂いて、ジュリの斬られた腕の少し上の場所を固く縛りつけた。ジュリは大量の血を失ったせいで朦朧《もうろう》としている。時おり痙攣《けいれん》する様は、これ以上ない恐ろしい光景だった。

モルガンの言った通り、ジュリの血はほどなく止まった。

床は血だらけで、私は心身ともにぐったりした。

「あ、あの……ジュリの怪我《けが》は何故……？」

椅子に腰を下ろし考え込んでいるモルガンに、私は聞いた。

「アーサーの持っていた剣はエクスカリバー。あの剣は私の妖力が利《き》かない特別な剣。どうにかして奪うか、使えないようにしなくては……」

モルガンは不快そうに眉根を寄せている。モルガンが太刀打ちできない剣があったとは驚きだ。その剣で斬られたからジュリの出血は止まらなかったらしい。

私はうつむいた。

安堵しているのをモルガンに知られたくなかったのだ。モルガンを止めることができる剣があると知り、喜んでいると知られたら、どんな目に遭うか分からない。

「ガルダ、おいでなさい」

モルガンはジュリを放置して、氷の部屋を出た。私は従順にモルガンの後ろをついていった。

途中の部屋で、煮え立った大釜《おおがま》と、寝台に並べられた数人の赤子を見つけた。

「あれは……？」

私はびくびくしながらモルガンに尋ねた。赤子たちはすやすやと眠っている。

「王都では魔力を使いすぎました。魔力をとり戻すのに必要なものです」

モルガンはちらりとも振り返らず答える。憐れな赤子たちはどこかの村から調達されてきたのだろう。モルガンは若さを維持するため、魔力を増大させるため、よく赤子たちを使う。生まれたての赤子ほど力を持った存在はないのだそうだ。

モルガンはある部屋に入った。

その部屋は蒸し暑かった。壁も床も天井も燃え盛る炎でできていて、私はモルガンの作ってくれた道以外は歩けなかった。モルガンは平然と歩き、燃え盛る部屋の中央で止まる。

「ガルダ、お前は再び王都に戻り、ランスロットに近づきなさい。彼の世話係や従者、下男、何でもよい、信頼を得るのです」

振り返ったモルガンは台に置かれた壺に手を入れて言った。

「ランスロット卿に……？」

私は嫌な予感がした。

「そうです。どうやらアーサーとマーリン、ランスロットは私を亡き者にするため、特別な道具を手に入れたよう。一番つけ入る隙のあるランスロットから崩すのが上策でしょう」

私はランスロットの凛々《りり》しく忠義の厚い顔を思い出し、胸が痛んだ。

「ランスロットの特別な道具を奪いとりなさい。使い魔の情報によると、ネックレスのようです」

モルガンはよくネズミや虫を使い魔にして情報を得る。ランスロット卿からネックレスを奪いとるなんて、難しい注文だ。私は尻込みした。

「しかし、私がランスロット卿から信頼されるのは無理かと……私の顔は知られていますし」

私は神官長の任を解かれた。私のしてきたことは皆知っている。ましてやランスロット卿の信頼を得られるはずがない。樹里ならともかく、ランスロット卿は警戒心の強い、慎重な人間だ。

「それは大丈夫です」

モルガンは壺の中に入れた手を動かしつつ言う。姿を変える術でも使うのだろうか？

「ランスロットにこの種を食べさせなさい。これを食べれば、感情が増幅され、理性が利かなくなります。そうね、お茶に混ぜて何度も飲ませればいい」

モルガンは壺から黒い小指の先ほどの種をいくつか取り出した。私は小さい革の袋にそれを入れて、懐にしまった。欲望が増幅され、理性が利かなくなる――。

「ランスロットは樹里を愛している。恋敵であるアーサーを憎み、殺したくなるのは時間の問題でしょう」

モルガンはほくそ笑んだ。私はランスロットの苦しむ姿を想像して思わず目を閉じた。ランスロット卿はいかばかりに苦しむだろう。

「ガルダ」

モルガンは柱に両手をかざし、私に微笑んだ。

私は引《ひ》き攣《つ》った笑みを浮かべた。

モルガンの両手が私の両頬を挟み込む。その瞬間、高温の熱が私の皮膚を焼けただれさせた。

「ぎゃあああああっ‼」

私はモルガンの手を振り払おうと渾身《こんしん》の力を振り絞った。けれどモルガンの手は吸いつくように私の顔や頭を撫で回した。炎で炙《あぶ》られているようだった。皮膚はただれ、髪は焼け焦《こ》げ、顔中にひどい火傷《やけど》を負った。モルガンの両手から、炎が噴き出していた。

「その顔なら、誰もお前がガルダだとは気づかないでしょう」

私の顔に火傷を負わせたモルガンは、笑いながら手を離した。

私は焼けつく肌に悲鳴を上げて床をのたうち回った。肉の焦げた臭いが鼻をつき、息ができなかった。顔に触れると肌がどろどろと溶けているのが分かる。

どれくらい時間が経っただろう。

気づいたら自分の部屋に寝ていた。視界が狭い。痛みはないものの恐怖に駆られながら私は鏡の前に立った。

鏡の中にいたのは知らない男だった。

顔に大きな火傷を負った、老いた男。髪はすべて燃えてしまい、瞼《まぶた》は腫《は》れ上《あ》がり、鼻も曲がっていた。

目を覆うほど変わり果てた姿に、涙は出ないけれど泣き崩れた。

私はランスロット卿を陥《おとし》れるだろう。絶望しかない未来を想像し、鏡を叩き割った。

2 ありえない話

Impossible story

人生、何が起こるか分からないとよく母は言っていた。そんなことは言われなくても分かっているといつも答えた。

突然、見知らぬ世界に連れていかれたり、牢屋《ろうや》に入れられたり、自分のせいで戦争が起きたり。けれどその中でもこれはとびきりおかしなことだ、と海老原樹里《えびはらじゅり》は思うのだった。

「その吐き気は……いつからだ？」

トイレから出てきた樹里に、目の前の招かれざる客が言った。

次元を超えて追ってきた男——マーリンが信じられないという目で自分を見ている。

「え……、こっちに戻ってからだけど……。何だよ、俺の体調が悪い理由が分かるのか？」

樹里は胸の辺りをさすりながら聞いた。ここ数日、吐き気とだるさに悩まされている。食欲はあるのだが、食べても吐き気を催すし、身体は熱っぽくてだるい。

それも無理ないかもしれないと思っていた。何しろ樹里は少し前まで、キャメロット王国というこの地球上には存在しない国にいた。文化も歴史も常識も違う国で、神の子という変な役目を負わされていたのだ。疲れで体調が悪くなってもおかしくない。

ところがマーリンは驚愕《きょうがく》の眼差しで樹里を見ている。まるで樹里の不調の原因を知っているかのようだ。キャメロット王国に伝わる奇病とかだったらどうしよう。不安になってマーリンを見返すと、震える手で腹を指差された。

「信じられない……。ありえない……、お前は神の子じゃないのに……。どうしてだ、お前の腹の中に……」

マーリンは樹里の腹を凝視して呟く。

マーリンは樹里を殺しにやってきた。樹里がアーサーの大切な剣であるエクスカリバーを盗み出して逃げたからだ。一戦交える覚悟でいたが、マーリンの様子がおかしい。言い争いの途中で「殺すのは一時やめだ」と言いだすし、冷静な男が、やけに狼狽《うろた》えている。

「腹の中に……？　寄生虫、とか？」

樹里はごくりと唾を飲み込んで聞き返した。

マーリンが狼狽えている理由はそんなことくらいしか思いつかなかったのだ。けれどマーリンは、とんでもないことを言いだした。

「……子どもが、いる」

マーリンの言葉に樹里はぽかんとした。

そして横にいた母と大爆笑した。

「ばっか、マーリン、お前何、冗談言ってんだよ！　すげぇウケる！　あははははは！」

樹里が腹を抱えて笑うと、母も涙を流しながら手を叩いて笑っている。

KITCHEN

「何言ってんの、この人！　大丈夫？　うちの息子は綺麗だけど、間違いなく男よ？　目が悪いんじゃないの？　もう、笑いが止まらないわ！」

母と二人で笑い続けていると、マーリンが壁を激しく叩いた。マーリンはこれ以上ないくらい真剣に樹里たちを見ている。

「冗談でこんなことが言えるか！　私だって信じられない。だが確かに生命の鼓動を感じる。樹里、お前、アーサー王以外と閨《ねや》を共にしてはおるまいな？」

樹里は慌ててマーリンの口を閉ざそうとした。母の前で、何を言いだす気だ。

「ちょ……っ、マーリン！　マジ黙れって！」

マーリンの口をふさごうとするのを、忌々しげに払いのけられる。

「大事なことだ！　アーサー王以外と身体の関係を持ったならば、容赦はしない。さっさと答えろ！」

マーリンと揉み合っていると、笑っていた母も真顔になって迫ってきた。

「アーサー王と、ってどういうこと？　樹里、この人、何を言っているの？」

男と深い関係になっているなんて知られたら、腹を切るしかない。樹里はマーリンをこの場から追い出そうとした。だが、こういうことに関して勘のいい母は、マーリンの腕を掴んで問い質《ただ》す。

「うちの子が何なの⁉」

母に怖い顔で詰問され、マーリンは辟易《へきえき》した様子で身を引いた。

「こいつはアーサー王に抱かれていた。もし他の男と関係を持っていないなら、間違いなく腹の子はアーサー王の……」

「わああああああ!!」

大声でマーリンの声をかき消そうとしたが、母の耳にはしっかり届いていたらしい。引《ひ》き攣《つ》った顔で振り返り、今度は樹里の肩を摑んでがくがく揺さぶる。

「アーサー王とって何なの⁉　アーサー王って男よね⁉　お願い、女だって言って！」

母は気が動転しているのか、涙目になっている。自分の息子の一大事なので無理はない。樹里は安心させようと無理やり笑顔を作った。

「俺が男と寝るわけねーだろ。こんな突然現れた男の言うことなんて信じるなよ」

見知らぬ怪しい男と息子。どちらが信頼できるかは明白なはず。しかし母の観察力はすごかった。眇《すが》めた目で樹里を見やり、拳《こぶし》を震わせる。

「そんな真っ赤な顔して！　目も泳いでるし、嘘なんでしょ！　どうしちゃったのよ、樹里！あんた昔は彼女とかいたじゃない、いつからホモに……っ」

完全にばれている。

樹里は火照った頰を手で覆いながら、人生終わったとうなだれた。

樹里は高校三年生のふつうの男子——のはずだった。

ふつうじゃなくなったのは、高校二年生の時に出かけた先の湖で突き落とされた時からだ。ガルダの呪術でキャメロット王国という異世界に呼び出され、神の子の代理をする羽目になった。キャメロット王国では神の子と呼ばれる重要な役割を担《にな》う存在がいた。キャメロット王国にかけられた呪いを解く存在なのだ。ジュリという自分そっくりの神の子がいて、樹里は瓜二つという理由だけで異世界に呼び出された。マーリンに命を狙われたり、代理であることがばれたり、キャメロット王国ではさんざんな目に遭った。

キャメロット王国に呪いをかけたのは魔女モルガンで、人々から恐れられていた。ジュリは神の子とされていたが、実はモルガンの息子だったのだ。モルガンの血を継いだジュリは、残虐な性格をしていた。王宮を乗っとろうとしていたジュリを倒すべく、アーサーはモルガンを倒す剣、エクスカリバーを見つけ出し、ジュリを追いつめた。しかし、あと一息というところでモルガンが王都に現れ、ジュリを奪いさった。モルガンは王都に恐ろしい爪痕を残して去っていった。

問題はその後だ。

樹里はガルダから渡された手鏡を通して、モルガンと話した。モルガンは樹里の母親とそっくりだった。

『樹里……私の可愛い子』

モルガンは衝撃の事実を明かした。魂分《たまわ》けという術を使い、自分とジュリの分身を生み出したというのだ。樹里と母はモルガンによって生み出された異質な存在だという。信じたくなかったし、何よりショックだった。それでもモルガンの話が真実であることは理解できた。そうでなければ納得できないような不可思議なことが多すぎたのだ。

モルガンは樹里にアーサーからエクスカリバーを奪うよう命じた。エクスカリバーがジュリを斬れば先に樹里が死に、モルガンを斬れば先に母が死ぬという。それがモルガンが魂分けの術を施した理由だ。自分の命のストックを作って、身の安全を守ろうとしたのだ。母を巻き添えにしたくない。樹里はアーサーの寝室からエクスカリバーを持ち出して逃げた。

モルガンにエクスカリバーを渡すつもりはなかったが、アーサーの手元に置いておくわけにもいかなかった。結局、逃げる途中、妖精王が現れ、エクスカリバーを預かってくれた。

そして樹里はラフラン湖に飛び込んだ。

そうやって自分のいるべき世界に無事戻ってこられたのだが、怒り狂ったマーリンが追いかけてきた。

そのせいで今、マーリンが馬鹿げたことを言い、面倒なことになっている。

「お前の腹には確かに子どもが宿っている。光っている。いい加減、事実を受け入れろ」

居間に場所を移してひとまず落ち着こうとした。黒いマントを羽織ったマーリンは違和感丸出しだ。母はすっかり落ち込んでしまい、座卓に突っ伏している。

樹里は二人のために麦茶を出しながら、針のむしろ状態だった。よりによって母に男の恋人がいると知られてしまった。どんな顔をすればいいか分からない。

「どうして……？　同性愛に偏見はないつもりだったけど、自分の一人息子がそうだって言われて、すぐ受け入れるなんて無理だわ。……寧《ねい》さん、こんな時どうすればいいの？」

母は父の名を呼び、どんよりとした顔で呟いている。

「この女は何を嘆いているのだ？　同性愛？　ごく当たり前の行為なのに、意味が分からん。モルガンとはずいぶん印象が違うが……」

母の向かいに座ったマーリンは、母のショックが分からないようだ。マーリンのいる世界では男同士で愛し合うのは一般的なのだ。女性の数が少ないので、それが自然なこととして受け入れられている。モルガンの分身とあってマーリンは母に対して身構えていたのだが、母の人となりを理解したらしく警戒を解いた。

「当たり前じゃないわよっ！　孫に囲まれて暮らすのが夢だったのに！」

母は涙目でマーリンに文句を言っている。

「孫？　くだらない。案じなくともさっきから子どもがいると言っているだろう。まったくこいつにも苛々させられるが、その母親も話が進まなくて苛々する」

マーリンは眉根を寄せる。

「そ、そうね、そうか……孫が……ってそうじゃない！　あのね、あなた、樹里は男なのよ？子どもができるわけないでしょ？　頭がおかしいんじゃない？」

話が一周して最初のところに戻ってきた。こうなったら仕方ない。樹里は二人の間に座って、咳払いした。

「そうだよ、マーリン。何を根拠に言ってるか知らないけど、生物学上、男には子宮がないんだから子どもはできねーよ」

先ほどは笑い飛ばしたが、マーリンが頑として主張するので少し怖くなってきた。そもそも異世界自体、常識じゃ考えられないことだ。妊娠だって絶対にないとは言い切れないのだ。それに最近吐き気がするのも事実だ。まさかこれが悪阻《つわり》……いやいやそんな馬鹿な。

「お前らの世界の知識は知らない。だが、お前は魔術で造られた存在だ。性別そのものがなかった可能性だってある」

樹里は固まった。性別そのものがない……？

「や、俺ちゃんとついてるけど」

抗うように言うと、マーリンは冷たい眼差しになる。

「言い伝えは真実だったということになる。神の子と王の子が真の愛で結ばれし時、生《う》まれ出《い》でる子がこの国を救う……。お前の身体が男性体だというなら、子どもを産めるよう変化するのだろう。実際、お前の腹には何かいる」

変化すると言われ、ゾッとして樹里は黙り込んだ。

まさか女性のように胸が膨らんだり、大事なあれが消えたりするのだろうか。そんなことはまっぴらごめんだ。

「本当にこの子、妊娠してるの？」

母が真剣な表情で身を乗り出す。

「母さん、信じるなよ。こんな馬鹿な話……」

樹里は引き攣った笑みを浮かべて言った。そうしないと理性を保てない。

「でも私たちがふつうじゃないことは証明済みじゃない。こうなったら何が起きても驚かないわ。もし本当にあんたが身ごもったなら……」

母の目が一転して不気味な光を宿す。

「相手の男と会わないと。大事な息子を娘にした責任はとってもらわなきゃね。あんた、そういえばアーサー王の話をやけに熱っぽく語ってたわよね？　有名なキャラクターに会えて興奮してたのかと思ってたけど、彼氏だったからなの？　王様を捕まえるなんて、たいした度胸だわ。さすが私の息子と言いたいけど、子どもができた以上ちゃんと相手にも会わせなさい」

母にねちねちと責められ、樹里は冷や汗を流した。

アーサーと母が対面するところを想像するだけで身震いする。

「あのな、母さん、母さんはアーサーにとって敵なんだぞ？　会わせられるわけないだろ！　母さんはモルガンの分身なんだから、迂闊《うかつ》にアーサーに近寄っちゃ危険だろ！」

母には異世界での事情を語ったはずだが、ぜんぜん呑み込めていなかったようだ。

「そんなこと言ったって、母さんは何もしてないんだもの。偶然顔が似てるだけってごまかせばいいでしょ。あんただってたまたま顔が似てるってノリでごまかしたんでしょ」

「もう母さん、そういう問題じゃないんだって」

「そうだわ、ちょっと病院行って診《み》てもらいましょう。本当に妊娠しているなら母子手帳をもらわないと……」

「マジで隔離されるわ！　母さんは俺を見世物にしたいのかよ⁉」

母と言い争っていると、マーリンが大げさにため息をこぼした。

「お前らの話し合いを聞いていると程度の低さに頭が痛くなる。ともかく、お前にアーサー王の子が宿った以上、私はしばらくお前とこの世界にいることにする」

マーリンの主張に樹里と母は同時に振り返った。

「はあ⁉」

てっきりこのまま帰ってくれるのかと思っていたら、まさか居座るとは。

「キャメロットに戻るのは危険だ。お前が身ごもったとモルガンに知られたら、間違いなくお前は狙われる。こっちにいるほうが安全だろう」

マーリンはすっかり樹里の腹に子どもがいる体《てい》で話している。何度も言われると、どんどん怖くなる。

……本当に、いるのだろうか？

子どもが？　自分のお腹《なか》に？

「ここに住む気？　嫌だわ、若い男連れ込んでって噂になりそう。でもしょうがないのかしら。樹里を守ってくれるってことでしょう？　魔術師マーリンはアーサー王に並んで有名だもの。高名な魔術師なのよね？」

母はマーリンと屈託なく話し始める。我が母ながら、立ち直りが早い。

「お前ほどじゃないがな」

マーリンはぞんざいな口調で言う。

樹里に危害を加えようとしたマーリンを、母は叫び声一つで止めた。モルガンと同じ魂を持つ母なら、ひょっとしたらマーリンを上回る力を持っている可能性もある。

……それにしても、マーリンと一緒に暮らす？

違和感を拭《ぬぐ》いきれなくて、夢だったらよかったのにと樹里は呟いた。


三人の暮らしは奇妙なものになった。

物置にしている部屋があったので、マーリンにはそこで寝泊まりしてもらうことにした。居候《いそうろう》を許可する代わりに家事をするようにと母が言い、マーリンは魔術を使って家事を完璧にこなした。はっきり言って、料理の腕は母より上だった。隙間風が吹いていた家のあちこちを修理してくれたし、壁も床も新品同様にしてくれた。この世界では魔術を使いづらいと言っていたマーリンだが、十分使いこなせている。

外に出る時、マーリンは変装する。中島《なかじま》と名乗って高校教師をしていた経緯《いきさつ》があったため、周囲の人に知られると面倒なことになるからだ。

本来なら今頃、樹里は香川《かがわ》にいる祖母の家で厄介になっていたはずだった。マーリンは香川までついていくと主張したが、祖母にどう説明していいか分からないので延期にした。母の恋人という嘘も検討してみたが、母には「タイプじゃないから、すぐばれる」と言われ、マーリンには「自分の母親と同じ顔の女と恋人のふりがお前はできるのか?」と睨《にら》まれた。

結局、今の家で大人しくしている他なかった。それは別にいいのだが、問題は本当に妊娠しているかどうかだ。

樹里としてはありえないし、マーリンの勘違いだと思いたかった。けれど吐き気は一向に治まらないし、気のせいか酸っぱいものが食べたくなったり、異様に食欲が湧いたりする。まさか、違う、と自分に言い聞かせ、現実から目を逸らした。それでも――。

(マジ、本当にできちゃったらどうしよう)

眠れない夜は悶々《もんもん》とそのことを考えた。

誰かを孕《はら》ませることはあっても自分が孕むことなど想像したことがない。確かにアーサーとは何度も寝た。だが男の自分が妊娠するはずがない。今のところ胸が膨らんでいる様子もないし、骨格も変わりない。トイレに行くたび大事なモノを確認するのだが、これまでと変わりない。

アーサーは子どもを産めと繰り返し言った。もし本当に妊娠していたら喜ぶだろう。この世界に生きている樹里と違って、アーサーはすんなりこの事実を受け入れるに違いない。

(や、無理だわ……、仮定でも考えるのこえー)

想像が行き過ぎて子どもを産んでいる自分を思い浮かべて身震いした。子どもを産む時はかなり痛いと聞く。鼻からスイカを出すようだと言った人もいるらしい。どんな痛みなのか想像もつかない。

悶々としたまま十日を過ぎたあたりから吐き気は治まってきた。風邪だったのだと思いたかったが、今度は太ってきた。きっと食べすぎのせいだとごまかそうとしたが、マーリンはますます確信を強めた。

「何故認めない？　お前の腹にはアーサー王の子どもがいる。今後、無茶な行動は控え、栄養価の高いものを摂取しろ」

そう言って豪華な夕食を振る舞う。どうやってか知らないがマーリンは金を手に入れているようだ。母は一円も渡していないのに、新鮮な肉や魚、野菜が冷蔵庫に詰まっている。

「樹里、本当に病院行く？　いっそはっきりさせたほうがよくない？　ほら、性転換して男になったけど、以前は女性だったとか言ってごまかして……」

母はこの状況に慣れてきたのか、しきりと病院行きを勧めてくる。

「母さん、もう黙ってくれ」

樹里としては大騒ぎになるのだけは避けたい。行方不明だったこともあり、近所では有名なのだ。これ以上奇異な目で見られるのは嫌だ。

高校からは復学手続きの書類が送られてきたが、まだ踏ん切りがつかなくて手続きは保留にしている。マーリンは当然行く必要はないという。

「あーあ……、俺、これからどうなるんだろ……」

家に引きこもっているのがつらくなり、その日、樹里は母とマーリンと一緒に数駅先の植物園に出かけた。マーリンが魔力となる『気』を補充したいと言ったためだ。文明の発達したこの世界では魔力の消耗が激しく、定期的に植物の力を使って体内に『気』となる魔力の素を取り込む必要があるそうだ。

「お前が悩むことはなにもない。お前の産む子どもが我らの国を救うのだ。それだけを考えて生きろ。それがアーサー王のためにもなる」

マーリンはいさぎよいほどアーサーのことしか考えていない。呟いた自分が馬鹿だったと自嘲しながら、植物園の入り口をくぐった。

「うむ、ここはいい『気』が満ちている」

マーリンは植物に囲まれ、満足げに頷いている。マーリンは父のジャケットやシャツ、ズボンを着用している。父の服は地味なものばかりだったし、何より古いものなのでどこか野暮ったい。

(でも考えてみりゃ俺の父親ってマーリンの親父《おやじ》でもあるんだから、俺たち兄弟……ってても俺はそういう存在でもないのかなぁ)

自分の存在について考え始めるとどんどん落ち込んできて、気分を変えようと樹里はパンフレットを開いた。植物園は大きくて、珍しい亜熱帯の植物や温室もある。

「このジャングルっぽいとこ行って……」

母を振り返った樹里は、言葉を詰まらせた。母は頭を抱えてしゃがみ込んでいたのだ。

「母さん、どうした？　大丈夫か？」

急いで駆け寄ると、母は青白い顔で吐息をこぼした。

「うん……何だか頭が……。ちょっと休めば大丈夫だと思うけど……」

母がつらそうに顔を顰《しか》める。家を出た時は元気だったのに。無理をさせているのだと申し訳なく思いながら、樹里は母を支えた。

「マーリン、俺たちそこのベンチで休んでるから」

植物の前に佇《たたず》んでいるマーリンに声をかけ、樹里は母を連れて広場のベンチに向かった。

「母さん、飲み物買ってくるよ」

近くの自動販売機で冷たい水を買い、ベンチに戻った。母は青い顔で、しきりにこめかみを揉んでいる。

「私はここで休んでいるから、あんたはマーリンのところに行っていいわよ」

心配だったが母に促され、樹里はマーリンの傍に戻った。さっさとマーリンに魔力を補充してもらい、家に帰ろうと思ったのだ。

「マーリン、あとどれくらいかかる？」

植物の前のマーリンに聞くと、ちらりと横目で見られる。

「最低でももう十五分はここにいたい」

そっけなく言われ、樹里はふうとため息をついた。マーリンの隣に立ち、風でそよぐ葉っぱを見る。じっと見ていると葉っぱが揺れているのは風のせいではなく、マーリンが何かを吸い込んでいるせいだと分かった。少し先にある葉はちっとも揺れていないのだ。

「……あのさぁ」

沈黙が気詰まりになり、樹里はぼそりと切り出した。

「アーサー、怒ってた？」

ずっと気になっていたことをようやく聞いた。マーリンと二人きりになる時間があまりなかったのもあるが、それ以上に怖くて聞けなかったのだ。樹里は無断でエクスカリバーを持ち出した。アーサーはラフラン湖まで追いかけてきた。湖の中でアーサーに捕まると思った瞬間、それぞれの世界に離れたのだ。

「特別な剣を盗まれて、無言で去られて、それで怒ってないと思うなら、お前はよほどめでたい頭の持ち主だな」

マーリンの辛辣《しんらつ》な言葉が樹里の胸をぐっさり刺す。分かっていたが、はっきり言われると落ち込む。アーサーには本当に悪いことをしてしまった。今ならアーサーに相談して何かいい解決方法を見出せたのかもしれないと思うが、あの時は母を守ることで頭がいっぱいだった。一刻も早くアーサーからエクスカリバーを奪わなければ、母が殺されると思ったのだ。

「……やれやれ」

マーリンが忌々しげにため息をこぼす。

「アーサー王は怒っていなかった」

むっつりとマーリンが言い、樹里はびっくりした。マーリンはじろりと樹里を睨む。

「私は怒り心頭だったが、アーサー王はお前の心配しかしていなかった。あの方はお前がエクスカリバーを持っていったのには理由があるはずと……。お前を捜して何日も湖の捜索をした。よって剣を盗まれたことは公表されていない。ただ事情があって神の子が消えたとだけ……。だから民や臣下はお前が裏切り者だと知らない。私はつらそうなアーサー王を見ていられず、お前を連れ戻すと約束してここに来たのだ。樹里はおそらくエクスカリバーをモルガンに渡したのだろうと、王には言ってある」

「剣はモルガンには渡してねーよ！」

つい怒鳴り返すと、マーリンがふんと鼻を鳴らす。

「それはもう聞いた。だがその時はそう思っていたのだ。早くこの事実をアーサー王にお伝えしたいが……、妖精王の手元にあるなら、万一の危険はないだろう」

アーサーは樹里がモルガンにエクスカリバーを渡したと思っているとしたら……。悲しいような悔しいような、申し訳ないような、複雑な気持ちだ。アーサーに謝らなければならない。怒っていないと聞いてびっくりしたが、罪を問われるような行為をしたのは事実だから、それ相応の報いを受けなければ。

「アーサー、エクスカリバーがなくて不安だよな……。おまけにマーリンもここにいるし」

樹里はアーサーの笑顔を思い出して切なくなった。モルガンの力は強大だ。こうしている間にも、攻められていたらどうしよう。

「アーサー王は魔法の剣に頼るような軟弱者ではない。私に関しても、あちらの世界に戻る時は、私があちらの世界を離れた時に戻るつもりだから心配無用だ。もっとも、前回は時間軸がずれてしまったが……」

マーリンいわく、異世界の往き来は不安定なものらしく、決めたところに戻れないこともあるそうだ。

「よし、いいぞ」

マーリンは十分な魔力を得たようだ。母の待つベンチに向かおうとした時、いきなり空に暗雲が立ち込めてきた。今日の天気予報は晴れのはずだが……。

「待て、何かおかしい」

広場の大きな木の手前で、マーリンが樹里の肩を摑んだ。いぶかしげに足を止めると、母の座っているベンチの辺りから異様な気配を感じた。

「母さん⁉」

母はベンチにぐったりともたれかかっていた。思わず駆け寄ろうとした樹里を、マーリンが止める。

「魔力を感じる。歌声も……」

マーリンの腕を振り払おうとした樹里は、母の身体がゆらりと立ち上がったのを見た。一つにまとめられていた母の髪が空中に広がり、一本一本が生きているかのようにうねりだす。その時初めて気づいた。母の頭上の雲が黒々ととぐろを巻いている。それに低く地を這うような歌が聴こえる。広場にいた人は雨が降ってきたので屋根のある建物へ走っていく。

「まずいな、モルガンとお前の母親が繋がっている」

マーリンは胸元から杖を取り出すと、樹里の前に立った。母の顔が醜く歪み、蛇のような冷酷な双眸《そうぼう》がまっすぐ樹里を射貫《いぬ》いた。

『ああ……樹里……私の可愛い子』

母の口からゾッとする声が漏れた。

『どうして魔法の剣を持ってこなかったの……？』

母がゆらゆらと近づきながらつぶやく。母とは別人のような憎々しげな表情、背筋が震えるほど低い声に、樹里は立ちすくんだ。

『魔法の剣はどこへやった……？　お前には少しお仕置きが必要ねぇ……』

母の手が樹里を指す。

その瞬間、黒い煙のようなものが樹里に向かってくる。あれに捕まったら大変だと樹里は逃げようとした。けれどマーリンが引き止める。

「私の傍を離れるな」

マーリンはそう言うなり、杖を振るって、周囲に光の筋を作った。それは樹里とマーリンを包み込みバリアを作った。黒い煙は樹里たちの少し手前で止まり、うねうねと気味悪い動きをする。

「遠隔操作をしているのだろう。本人を相手にするほど脅威ではない」

マーリンは杖を母に向けて朗々と歌い始めた。とたんに母が自分の首を押さえ、もがき苦しみ始めた。

「マーリン！　母さんに何をするんだよ！」

母の苦しむ姿を見ていられず、樹里はマーリンの杖を摑んだ。

「邪魔をするな！」

USA
MAP

「あれは俺の母さんなんだぞ！」

マーリンと争っているうちに母が再び近づいてくる。マーリンは舌打ちすると、母の横に立っていた木に杖を勢いよく振った。すると、雷鳴が轟《とどろ》き、雷が木に直撃した。大きな音を立てて太い枝が折れて、母の頭上に落ちてくる。

「母さん！」

樹里は大声を上げて飛び出した。

母は意識を失っていた。急いで枝の下から助けだすと、呻《うめ》き声《ごえ》を上げて目を覚ます。

「あら？　私、何を……？」

母は怪我《けが》一つなく、何が起きたか分からないという顔できょろきょろする。離れた建物からスタッフが駆けつけてきた。雷が木に直撃したせいで枝が折れ、そのせいで母が倒れたと思ったのだろう。けれどいつの間にか空は快晴に戻り、母も元気になっている。

スタッフから救急車を呼ぶと言われたが、樹里たちは丁重に断って植物園をあとにした。マーリンは母の意識を失わせることで、モルガンに乗っとられかけた母の意識を覚醒させたのだ。危ないところだった。まさかモルガンが次元を超えて母の意識を自在に操れるとは思わなかった。そう簡単にできる術ではないとマーリンは言うが、またこんなことが起きたら大変だ。

それに……気づいてしまった。ここにいると、いつかマーリンは母を殺すかもしれない。マーリンにとって母を殺すことはモルガンを追いつめることに繋がる。

母を守るためにはどうすればいいのか。

樹里はモルガンの脅威から逃げ出せない現実を自覚し、背筋を震わせた。

母はモルガンに乗り移られていたことは覚えていないらしく、帰りの電車ではいつもの明るい母だった。樹里は何も言わなかった。モルガンに意識を乗っとられていたなんて知ったら、母はショックを受けるからだ。

しかし夜になって、母が暗い様子で樹里の部屋にやってきた。

「ねぇ、樹里。私、昼間……おかしかったよね？」

時間が経つにつれ記憶が戻ってきたらしく、母は強張った表情だった。樹里は仕方なく、昼間何があったかを明かした。

「やっぱり……。ベンチに座ったところから記憶がなくて、気づいたらあの雷……。少しずつ断片的に記憶が浮かんでくるの」

母は唇を噛みしめる。

「私……あんたを……」

「母さん！　母さんの意志じゃないんだから！」

樹里は母の言葉を遮った。悪いのは母ではない、モルガンだ。次元を超えて人を操ることができるなんて信じられない。どこにも逃げ場はないではないか。

「でもまた同じことが起きたら？　私、自分が怖いわ。今日は朝からずっと耳の奥で歌声みたいなものが聞こえてたの。気のせいだと思うようにしてたんだけど、植物園に着いた頃からひどい頭痛が起きて……。ねぇ、もし、よ。もし、寧さんが事故に遭う前に、同じように操られていたんだとしたら――」

母はじっと樹里を見つめた。

「そんなことあるわけないだろ！」

樹里は大声で否定した。母は父の事故死を疑い始めている。今日のように自分はモルガンに操られ、愛する夫を知らぬ間に死に追いやったのではないかと思っているのだ。どうやって母を安心させればいいか分からなくて悩んでいると、ドアがノックされた。

「話がある」

マーリンだ。マーリンはちらりと母を見やり、樹里のベッドに腰を下ろして腕を組んだ。樹里は助けを求めるようにマーリンを見た。

「マーリン、母さんがモルガンに操られないようにする方法はないのか⁉　それって俺がジュリに操られることもあるってことだろ⁉」

母に起きたことは樹里にも起きる可能性がある。魂分けという魔術で自分たちは生み出されているからだ。

「……操られないための手立ては分からない。もともとひとつの魂を分けているんだ。どこにいても繋がることが可能と考えるべきだろう」

あっさりと言われ、樹里は顔を歪めた。

「だがモルガンとお前とでは状況が違う。モルガンは数百年もの時を過ごしてからお前の母親を作り上げた。一方、ジュリは生まれてすぐに魂を分けた。つまり、お前の母親はモルガンの一部みたいなものだが、ジュリとお前は純な魂を半分に分けた状態だ。モルガンは万が一にも自分の分身が自分を越えるようなことがあってはならないと、お前の母親にはそれほど力を与えていないはずだ」

マーリンの言っていることを理解できたとは言えないが、樹里が乗っとられることはないらしいのは分かった。それについては安心したが、このままでは母と一緒にいるのは危険ということになる。

「それから、お前の母親が乗っとられたとしても、次元という壁があるのでモルガンを相手にするほど困難ではない。何よりしょっちゅう繋がることもないだろう。かなりの魔力を消費する術だ」

マーリンは窓の外に顔を向けて呟く。

「じゃあ、気をつけてれば大丈夫か？」

樹里は期待を込めて言った。いざという時はマーリンに魔術で何とかしてもらう——そんな淡い期待は一瞬で打ち砕かれた。

「いや、この女とはすぐ離れるべきだ」

きっぱりとマーリンが宣言する。

「そんな……っ」

樹里が抗うように腰を浮かすと、マーリンは青ざめている母に視線を戻す。

「こちらの世界にいるほうが安全だと考えたが、どうやら甘かったようだ。モルガンはお前が魔法の剣を持ってこなかったので腹を立てていた。あの様子では、妖精王が持っていることは知らないのだろう。追っ手はいずれまた来る。いや、モルガン本人が来る可能性もある。この女の傍にいたら、危険だ」

容赦なく断言されて、樹里は反論できなかった。モルガンは樹里がこの世界にエクスカリバーを持ち込んだと思っているのだ。だとしたらマーリンがこの世界に来たように、モルガンがやってくる可能性もある。

「幸い、お前が身ごもったことも、モルガンは知らない。もし知られていたら大変だったぞ」

マーリンは声を潜めた。

「身ごもってねーって。つか、やっぱヤバいのか？」

不安になって聞くと、マーリンはちらりと母を見る。

「呪いを解く子どもをお前が身ごもったと知れたら、モルガンはジュリを殺すかもしれない」

樹里は息を呑んだ。母も目を見開く。

「まさか……、だってジュリは子どもだろ？　自分の産んだ……」

モルガンがジュリを殺す——そういえば、モルガンはジュリが死んだら先に死ぬのは樹里のほうだと言っていた。

「そんな情のある相手なら、恐れはしない。モルガンはたとえ自分の子どもだろうと、平気で殺す。お前の腹の子を消すためなら。どっちみち死ぬのはお前で、ジュリは生き返ると分かっているのだから」

樹里は自分が不安定な立場にいることをはっきりと自覚した。ジュリを殺そうとまで思い詰めていた自分が、今はジュリの死を恐れている。魂分けの術とはなんて厄介なのだろう。

「とはいえ、お前たちには簡単に死なないよう術がかけられている。モルガンといえど、それを解くには時間が必要なはずだ。でなければ、今ここでお前たち二人とも死に追いやれるのだが……」

物騒な目つきのマーリンにぎょっとして、樹里は母の肩を抱き寄せた。

「そんなことしたら、許さないからな！」

母をかばいながら怒鳴ると、マーリンが馬鹿にしたように笑った。

「術がなければ、と言っただろう。安心しろ、お前らの命をとるつもりはない。特にお前にはアーサー王の子を産んでもらう必要がある」

いちいち癇《かん》に障《さわ》る奴だ。樹里はムッとしてマーリンを睨みつけた。やはり油断ならない男だ。

「それにしても……不思議だ」

ふとマーリンの表情から険しさが消え、母を凝視する。戸惑ったように、長い指で髪を掻き上げる。

「モルガンと同じ魂の者とは思えない。この女を見ていて思い出したのだが、モルガンがどんどん残虐になっていったのは、魂分けをした頃からかもしれない……」

マーリンは不思議そうに呟く。

「どういうことだよ？　つまり良心みたいなものを、母さんが全部持ってってちゃったってことか？」

モルガンの残虐さを思い返しながら、樹里は首をかしげた。母は目を丸くしている。

「見当違いかもしれないが……あるいはそういうことなのかもしれない。ジュリは大切に育てられてきた。神の子として何不自由なく、優しさと愛情に包まれていたはずだ。それなのに、あの残虐な性格……。お前に正の感情をすべてとられてしまったようじゃないか」

今度は樹里を見てマーリンが呟く。

「何だよ、別に俺、聖人君子じゃないぜ。そりゃまぁ、あいつほど悪い奴じゃないけど……」

平気で人の命を弄《もてあそ》ぶジュリを思い出し、ぶるりとした。

「父上が言っていた通り、魂分けの術にはリスクが伴うものなのかもしれない。果たして片方が死んだ時、どうなるのか……」

マーリンは独り言のように呟くと、首を振った。そしてベッドから立ち上がった。

「三日の間に、ここを離れる。別れをすませておけ」

勝手に決められて、樹里は大声を上げた。

「ここを出て、どこへ行くんだよ！」

部屋を出ようとするマーリンの背中に向かって問いかける。マーリンは振り返って、ため息を吐いた。

「キャメロット王国へ戻るしかない。王宮か神殿にこもるのが一番安全だろう。モルガンはその二つには入れないのだからな。私は次元越えをするために魔力を溜める」

マーリンはそれだけ告げると部屋を出ていった。

キャメロット王国へ戻る——。樹里は母と目を見交わし、自然と抱き合った。せっかく会えたのにまた離れ離れになる日がくるなんて、胸が痛い。母の泣いている姿を見た時、もう二度と泣かせないと誓ったのに。

けれど母を守るためにも、ここから離れなければならないのは樹里も分かっていた。

母も一緒に行けたらいいのに、と切実に思った。それはできないと分かっていたが、触れるぬくもりに、そう思わずにはいられなかった。

3　キャメロット王国へ
To Camelot Kingdom

樹里《じゅり》は再びキャメロット王国に戻ることになった。

今度はいつ帰ってこられるか分からないので、高校には退学届を出して、しばらく田舎に引っ込むという話を周囲にした。母は泣いていた。解決したら必ず帰ってきてと言われたが、できるかどうか分からない約束をするのは難しい。すべてが解決する道が思いつかない。少し前まで魔女モルガンとジュリという悪を倒せば、終わりだと思っていた。けれど今は、それは自分たちの終わりだと知っている。

準備は万端にした。あらゆる薬を買い込み、スマホと懐中電灯兼充電器、調味料、ライターや万能ナイフ、パンツ数枚、『無人島で暮らす本』という指南書までリュックサックに詰め込んだ。けっこうな重さだ。

出ていく時には、湖で発見された時に着ていた衣服に着替えた。久しぶりに異世界の衣装を着ると、こっぱずかしい。母が微妙な顔をしたのも見逃さなかった。

「どこから行くの？　やっぱ湖？」

異世界に連れ去られた湖の場所を思い浮かべながら聞くと、マーリンは廊下に精油で魔方陣みたいなものを描いている。

「ここから出る。父上が選んだ場所だけあって、ここには力が集まっている。地脈から熱を感じるし、空からも清浄な気を感じる。こちらの世界に来る時は、私はいつもお前の母親をポイントにしている。あのワインバーとかいう店も、なかなかいい場所だった」

マーリンは慣れた様子で円を描きながら言った。

「そうなの。寧《ねい》さんがここはいい土地だから、絶対売らないようにってよく言ってたのよ。ワインバーも、いい土地なんですって。だから黒字経営なのかしらって冗談まじりによく言ってたんだけど」

母は懐《なつ》かしむように語る。

「よし、これでいい」

マーリンは場を整えて背筋を伸ばした。すでに黒いマントを羽織って杖を握っている。スーツ姿のマーリンも悪くなかったが、やはりこの衣装のほうがしっくりくる。

「どこに飛ばされんだよ？　俺、湖の中とかマジ勘弁だからな」

魔方陣の中に入るように言われて、樹里は尻込みした。本当にまた異世界に行くのだと思うと、緊張する。アーサーに会えるのは嬉しいけれど、母と別れるのがつらい。

「案ずるな。王宮の庭辺りに出る予定だ」

マーリンはさっさと始めたいらしく、樹里の首根っこを掴む。慌てて振り払い、母と別れの抱《ほう》擁《よう》をした。次に会えるのはいつだろう。それまでお互いが無事でいられる保証なんてどこにもない。樹里は未練がましくマーリンを振り返った。

「なぁ、やっぱ母さんも一緒に……」

母も異世界に連れていきたい。そんな樹里の思いは冷たい眼差しで拒絶された。

「くどい。その女を連れていくのは危険だと何度も言ったはずだ。早くしろ、場が崩れる」

マーリンは母から樹里を引き剝がすと、魔方陣の中央に引っ張った。マーリンが高い声で歌い始める。杖がぐるりと周囲に円を描くと、きらきらした光が杖の先から生まれる。

「う、わ……っ」

足元に描かれている文字が光を放ち、樹里は焦ってマーリンにしがみついた。マーリンは両手を上げ、聞いたことのない難解な音で歌う。

「樹里、危ないことはしないのよ！」

魔方陣の外にいる母が叫んだ。手を伸ばそうとして、樹里はいつの間にか自分たちの周囲に透明な壁みたいなものができているのを知った。

「振り落とされるな!!」

耳元でマーリンの声がしたとたん、身体がすごい勢いで引っ張られた。目を開けていられないくらい眩しい光に包まれ、七色の光の中にいた。

樹里は光の渦に流されていた。

上下左右のない、変な感覚だった。一瞬のようにも、長い時間が過ぎたようにも思えた。真珠のように白い光の中を流されて、心地よさを感じた時、いきなり重力に捕まった。

「いってぇ！」

固い場所を、樹里は転がった。慌てて起き上がり、辺りを見渡す。頭がくらくらして、身体が変だ。次元を超えるのはこんなに大変なことだったのか。

樹里は自分が地面に投げ出されたのを知って、一緒にいたマーリンを探した。少し離れたところでマーリンは乱れた髪を掻き上げ、顔を強張らせている。

「ここ……、王宮、か？」

樹里はいぶかしげに周囲を見た。視界に映るのは、乾いた土、朽ち果てた馬小屋、ぼろぼろになった民家、痩《や》せた木々。荒れ果てている。どうみても王都には見えない。王都にこんな場所はなかった気がする。人の気配はなく、風だけが吹いている。

「何ということだ……っ」

マーリンは動揺していた。杖を折りかねない勢いでわなないている。どうなっているのか分からなくてまごついていると、マーリンが自分の着ていた黒マントを脱いだ。

「着ろ。顔を隠せ」

マーリンは不機嫌な様子で樹里に黒マントを羽織らせる。

「な、何だよ。説明しろって。ここどこだよ？　別の場所に出ちゃったっぽいけど」

強引にフードを目深《まぶか》に被らされて、樹里はムッとした。

「別の場所ではない。ここは王都だ。……おそらく」

苛々と呟かれ、樹里は目を見開いた。ここが王都？　王都なら、にぎやかな市場や整地された町並み、子どもたちの笑い声、行き交う人々でいっぱいのはずだ。もう一度確認してみたが、人っ子一人いない。だが、この路地は、見覚えがある。

「まさか、俺たちのいない間に闘いが……っ？」

樹里はハッとした。自分が次元を超えている間にモルガンが王都を破壊したのだろうか——そう思った樹里に、マーリンは首を振る。

「少なくとも、私が出た時はこんな状態ではなかった。……私は少し、探ってくる。お前はその馬小屋にでも隠れていろ」

マーリンは苛立ちを隠し切れない様子で、せかせかとどこかへ向かっていく。樹里は仕方なくすぐ近くの馬小屋を覗いた。中は枯れた干し草と土のみで、馬はいない。馬小屋の入り口から外を眺め、一体どうなっているのだろうと不安になった。アーサーは無事なんだろうか。少し高い場所に窓があった。反対の壁に梯子《はしご》があったので、それを使って窓から城のある方角を確認した。

「何だ、あれ……」

城は存在していた。だが、城の周囲には黒い霧のようなものが立ち込めている。モルガンの魔術だろうか？　何かが起きているのは間違いない。神殿も同じように黒い霧で覆われている。

鼓動が速まった。アーサーがどうなっているのか心配でいてもたってもいられない。ランスロットは？　王宮の皆や、神殿の者は――。

「樹里」

　下から声をかけられ、びくりとした。マーリンが苦々しい顔つきで、梯子の下から樹里を見ている。急いで下りると、マーリンは目を伏せた。

「どうなっているか大体分かった。以前私が未来を視《み》たと言ったのを覚えているな？」

　マーリンは目を合わせず、しきりに手を開いたり握ったりしている。こんなに動揺しているマーリンを見るのは初めてかもしれない。

「うん」

　マーリンは未来に渡り、アーサーやキャメロット王国のことを視てきたという。

「ここは私が見た、その未来だ。何故、こんな場所に飛ばされたのか分からない。けれど、以前私が来た時と同じ風景……アーサー王の死んだ、未来のキャメロット王国だ……」

　マーリンの声がかすれている。黒い霧で覆われた城と神殿――。

　ここは未来のキャメロット王国。

　予想外の場所に飛ばされ、樹里は声もなく立ち尽くした。


　マーリンから未来のキャメロット王国の話を聞いた時、樹里は最初、信じられなかった。

キャメロット王国は強大で、人々の暮らしは安定し、食糧にも困らず、誰もが王家に忠誠心を抱いていた。富めるキャメロット王国が滅ぶなんてありえないと思ったし、神の子にアーサー王と王妃が殺されるなんて嘘だと思った。

けれど実際に荒廃した王都を見て、マーリンの言ったことは本当だったのだと知った。アーサーは神の子に殺されたのだろうか。自分に？　あるいはジュリに？　まさかエクスカリバーを樹里が持ち出したせいで、アーサーは抵抗できずに殺されたのだろうか。

「おい、しっかりしろ」

樹里は血の気を失ってしゃがみ込んだ。ショックを受けたせいか吐き気がする。間接的にか、直接的にか分からないが、アーサーを殺したのは自分だと悟ったからだ。

「話を最後まで聞け。どうも私が視た未来とよく似ているが、少し違っているようなのだ」

マーリンに囁《ささや》かれ、樹里は口元を押さえて顔を上げた。

「違う……？」

わずかな希望を抱いてマーリンを見ると、マーリンは馬小屋から樹里を連れ出し、城の方角へ顔を向けた。

「あの黒い霧、あんなものは前はなかった。城だけでなく、神殿にまで……。どうなっているのか確かめる必要がある」

マーリンは城と神殿を覆う黒い霧を見て、眉根を寄せている。

「そうなのか？　でも……不気味なものにしか見えないけど……。城と神殿もモルガンに乗っとられてるんじゃ……」

樹里は目を潤ませた。何が起きたか知るのが怖い。お腹《なか》も痛いし、胸がむかむかする。このままここで少し休みたい。

「そんなはずはない。城と神殿は崩れていない。崩れていたらあるいは……と思うが。樹里、しっかりしろ。もしかしたら、未来は変わるかもしれないんだ。これは我々にとって、朗報なんだぞ」

うつむけていた顔をマーリンに無理やり上げられる。朗報……？

「私はずっと未来は変えられないと思っていた。だが、ひょっとしたら未来というのは不確かなもので、変えることができるのかもしれない。それを見届けるのだ。何がどう変わり、どうしてこのような事態になったのか——まずは、王宮だ」

そう言うなり、マーリンは樹里の背中を押した。マーリンの言葉は絶望に沈みかけていた樹里に力を与えた。未来は変えられる……。樹里は暗い気持ちを吹っ切って、マーリンと肩を並べて歩き始めた。

街に人はいない。店も民家も、主を失ってしばらく経っているように見える。王宮に続く門は閉ざされ、城に入るための跳ね橋も上げられている。黒い霧は、城を囲むように漂っている。マーリンは神殿に向かった。

黒い霧がかかっている神殿の近くまで行った時、思いがけないものを見た。

神殿の入り口には火が灯り、神兵が立っていたのだ。

「人がいる……」

樹里は無事な神兵を見て、喜びに顔をほころばせ、駆け寄ろうとした。しかしマーリンがそれを止め、木陰に樹里を連れ込む。

「待て、迂闊《うかつ》な真似はできない。お前がアーサー王を殺した者なら、見つかれば騒ぎになる。それに、神殿に未来のお前がいたらまずい」

マーリンの言うことはもっともで、樹里は困り果てた。樹里が二人いたら、大問題だ。それはマーリンも同じだろう。

「顔を変える術を使おう。ただし、数時間しか保《も》たない。確か、この辺に……」

マーリンは持っていた麻袋を探り、中から小さなさくらんぼの種みたいなものを取り出した。

「飲み込め」

口の中に無理やり押し込まれ、樹里は顔を顰《しか》めた。マーリンはさっさと飲み込んでいる。

「まずっ」

種は固いし苦いし最悪だ。おええと唾を出して唸っていると、いつの間にかマーリンの整った顔が凡庸《ぼんよう》な中年男性の顔になっていた。……自分はどんな顔になっているのだろう。いや、考えたくない。

「よし。この姿なら異国から来た者と言えば、ばれまい」

マーリンは杖をしまうと、神殿の入り口に向かって進んだ。樹里はフードを深く被り、背負っているリュックサックが見つからないように気をつけた。

「お、おい、お前ら！」

「人だ、人が……っ」

樹里たちが神兵に近づくと、ざわめきが起きた。ひやりとしたが、彼らは案ずるように樹里たちを手招きする。

「早く神殿に入れ！　神殿の敷地内なら安全だ！」

「よく無事だったな、お前ら……っ」

神兵は樹里たちを中に入れ、ねぎらってくれる。予想と違う。樹里はちらりとマーリンを見やった。マーリンは不安そうに神兵たちを見ている。

「異国の者なのですが、キャメロット王国は一体どうなっておるのですかな？　私は不穏な噂を聞きこの辺りを調べに来た者なのですが……」

マーリンは異国の調査を装い、神兵に事情を尋ねる。神兵は悲しげに顔を曇らせ、顔を見合わせる。見たことのある顔もいて、声をかけたいのを必死に堪《こら》えた。

「異国の者よ、キャメロット王国は滅びの一歩手前なのだ。かろうじて神殿と王宮だけは持ちこたえているが……食糧も尽きつつある。それにしてもよくここまで無事に来られたな。外を歩いていて、魔物に襲われなかったのか？」

神兵の一人がいぶかしげに尋ねてくる。

「見かけませんでしたな。もしかすると、襲われるのはキャメロットの民のみなのでは……？」

マーリンは事情を知らないはずだが、上手く神兵の話に合わせている。神兵はその言葉に合点がいったように頷いている。

「そうかもしれない。魔女モルガンは我らキャメロット王国の民を憎んでいるのだ。最後の一人まで殺すつもりなのだろう」

この状況を作ったのはモルガン――。樹里は気をしっかり持とうと唇を噛んだ。

「王宮にはどなたが……？　アーサー王は……」

マーリンは探るように窺《うかが》う。

神兵たちが涙を浮かべて顔を逸らす。

「アーサー王はお亡くなりになった……、……っ」

……アーサーが死んだ。樹里は倒れそうになるのを必死に堪えた。マーリンは未来が変わっていると言ったが、この世界でもアーサーの命は奪われている。悲しくて泣きたくなった。

「それもこれも、ランスロット卿が……っ、あの方の裏切りさえなければ……っ」

続いて神兵の口から漏れた言葉に、樹里だけでなくマーリンも息を呑んだ。

ランスロットの裏切り？　まさか！

「ランスロットが裏切るなんて……っ」

樹里は我慢できなくなってつい声を荒らげてしまった。神兵が驚き、いぶかしげに見返される。異国の者を装っていたが、どうしても我慢できなかったのだ。誰よりも忠誠心の厚いランスロットがアーサーを殺すなんて、万が一にもありえない。

「申し訳ありません。この子は騎士の誉れ高いと評判のランスロット卿の話をよく聞いていたものですから。ランスロット卿がアーサー王を討ったのですか？　ではランスロット卿は王宮に？」

マーリンがとりなすように言う。神兵は呆れた目つきで樹里を見やると、深いため息をこぼした。

「ランスロット卿が騎士の誉れと称されていたのは昔の話だ。ランスロット卿は乱心してアーサー王を手にかけた。その後、どこぞへ消えた。アーサー王が亡くなると、モルガンが現れ王都を破壊していったのだ。土地は枯れ、作物は育たない。水も汚れて、ろ過しないと飲めない有り様だ。それにどこから現れるか分からない魔物……。あいつらは人を喰う化け物だ。次々と民を貪っていく。この神殿と王宮だけが人にとって安全な場所なのだ」

神兵の話から少しずつ状況が分かってきた。王都から人々が消えたのは、魔物に殺されるのを避けるためなのだ。魔物を放ったのはモルガンだろうか？　それにしても——ここを守っているのは一体……。樹里にはマーリンとしか考えられない。

「王宮には王妃がおられる。王妃が我々を守ってくれているのだ。こんな時、高名な魔術師マーリン殿がおられれば、王妃の負担も軽くなるのだろうが……」

マーリンではなく、王妃が城と神殿を守っているとは。王妃はグィネヴィアしか考えられないが、彼女に特別な力があったのだろうか？

「王妃樹里様のおかげで我らは生きている」

敬意を込めた神兵の口ぶりに、樹里はたじろいでマーリンの衣服を摑んだ。

王妃樹里――聞き間違いではなかった。

神兵と話していると、奥から大神官がやってきた。無事だったらしい。さすがに以前のでっぷりとした身体ではなくなっていたが、ふてぶてしさは変わらない。

「異国の者とな？　どこの国の者だ？　この国には攻め入ってもうま味はないぞ」

大神官は薄い頭頂部を撫でながら、うさんくさそうに樹里たちを見る。マーリンが跪《ひざまず》いたので、樹里も急いでならった。

「北の国エストラーダの者です。王に命じられ、キャメロット王国がどうなっているか確認しに参りました。王は何か手を差し伸べられないかと……。これは小麦の種です。少ないですが、役に立つのではないかと」

マーリンは懐《ふところ》から小さな麻袋を取り出し、大神官に差し出した。周囲の神兵の顔が一様に明るくなり、目に光が宿る。エストラーダというのは確かキャメロット王国と同盟を結んでいた国の名前だ。

「ふむ。有り難く受けとっておこう。幸い、中庭には魔物が入り込めないようでな。旅の者よ、よかったら今晩は泊まっていかれるがいい」

大神官はマーリンの土産に気をよくしたようだ。それにしても小麦の種なんてよく持っていたものだ。

　大神官の許しを得て、神殿内は自由に歩き回れるようになった。どうなっているか確かめたいことばかりだった。王妃樹里とはどういうことだ？　サンや他の神官たちは無事だろうか？　それにクロは——。

「そう急くな。分かっている」

　マーリンは樹里の焦燥に気づき、低い声で耳打ちする。樹里は女神像の置かれている大広間を覗いた。多くの民が女神像の足元にたむろしている。荒れた街を見た時はキャメロット王国の民は全滅したと思ったが、たくさんの人が生き残っていた。

　樹里たちは人々に話しかけて情報を集めた。それによると、王宮と神殿、ラフラン湖一帯以外はモルガンの魔術で破壊され尽くしたようだ。村は焼かれ、川の水は汚染され、動物たちは奇病で次々死んでいったという。ラフラン湖の辺りは妖精王が守っているので、何とか無事なのだ。王宮と神殿に食糧を届けているのはラフラン領の者たちらしい。といっても、一歩ラフラン領を出ると魔物がはびこっているので、輸送はなかなか上手くいかないそうだ。

　ラフラン領の者たちに対して感謝の気持ちがある人々も、ランスロットの裏切りだけは許せないようだ。誰もが憤怒《ふんぬ》し、アーサーの死を悼《いた》む。本当にランスロットはアーサーを裏切ったのだろうか。信じられない。

「あの……サンという子を知りませんか？」

　神官のリリィを見かけたので、樹里は思い切って尋ねた。リリィは樹里の清めの儀式を手伝ってくれていた老婆だ。

「サンなら王宮ですよ」

リリィに首をかしげられて、樹里は顔をほころばせた。サンは生きていた。

「マーリン、王宮に行きたい」

樹里は柱の陰にマーリンと身を潜めると、強い決意を秘めて言った。民にいくら聞いても具体的に何が起きたのか分からない。未来の自分から何が起きたのか直接聞きたかった。サンも生きているようだし、何か知っているはずだ。

「ふむ……。そうしなければならないようだな。幸い、未来の私はどこかへ消えてしまったようだし、未来のお前の前に姿を現しても問題はないだろう。王宮にも避難している民はいるようだが、女と子どもだけという決まりらしい。夜になったら変装も解ける。そうしたら王宮に行こう。しかし、お前は未来の自分と会うのは危険すぎる。ここで待っていろ」

マーリンは深く考え込んだ末、そう言った。

「冗談じゃねーよ、俺も行く！」

ここでじっと待っているなんて無理な注文だ。樹里はマーリンを睨みつけて、絶対に離さないとマーリンの衣服を掴んだ。

「……仕方ない。分かった、お前も一緒でいい。だが、くれぐれも顔を出すなよ」

マーリンは樹里の強い思いを知って、折れてくれた。マントを深く被って、布で鼻から下を覆えばすぐにばれることはないだろう。

「それにしても驚きだ。私の知っている未来とはずいぶん違う。最悪な事態には変わりないが、王宮と神殿が残っているとは。それに王妃……。お前が王妃になったということは、子どもが生まれたはずだ。何故呪いは解けなかった？　それとも呪いが解けた後にモルガンによってこの状況にされたということなのだろうか？」

王妃樹里——と皆は言う。妊娠なんて嘘に決まっていると思ったが、本当に子どもができたのだろうか。言い伝えでは子どもが呪いを解くはずだったが、とてもそうは見えない。

マーリンが視た未来では、王宮も神殿も破壊され、アーサーと王妃は神の子によって殺され、キャメロット王国は滅びていたという。しかし、この世界では王妃は生き残り、かろうじてだがキャメロット王国は滅びていない。王宮にはモルドレッドやグィネヴィア、宰相《さいしょう》のダン、騎士たちもいるという。もっともモルドレッドは未《いま》だ塔に幽閉されているらしい。街が破壊された日、王宮や神殿に逃げ込めた者は無事なのだ。ただアーサーの母親である前王妃は病気でアーサーの即位後、亡くなったらしい。

「未来は変えられることが分かった。こうなった原因を確かめ、それを阻止することができれば、このような未来は訪れない。それを知るまでは、ここに留まるしかないようだな」

マーリンは遠くに視線を投げ、低く呟いた。

アーサーが亡くなったと聞き、悲しくて胸が張り裂けそうになったが、それは隣にいるマーリンも同じはずだ。マーリンはアーサーが死んで絶望してどこかへ行ってしまったのかもしれない。マーリンにとってアーサーがすべてで、それ以外を守る理由はないからだ。

では、自分は？

未来の樹里はどうしてここに残っているのだろう。樹里にとっては長くいた元の世界のほうが住みやすいし、母もいる。何故帰らなかったのだろうか？　ラフラン湖へ行けば帰れるのに。人々が噂する魔物がいるから？　あるいは帰れない事情でも？

分からないことだらけで不安が募った。夜が来るのをひたすら待ち、樹里は神殿の隅で大人しくしていた。


夜が更けた頃、樹里はマーリンと一緒に神殿の裏口から王宮に回った。

「この黒い霧だが……おそらく、モルガンの魔術だろう。王宮と神殿の中に入り込もうとしている悪意の塊《かたまり》に感じる」

マーリンは王宮と神殿の周りを漂う黒い霧について推測した。最初はこの黒い霧が王宮や神殿を守っているのかと思ったのだが逆で、モルガンの魔術だという。この黒い霧は街中を覆い、あらゆる災難を呼び込んだそうだ。

神殿の庭を歩いている時に異様な気配を感じた。思わず暗がりに目を向けると、神殿の外に二つの光るものを見つける。

「マーリン」

樹里が怯《おび》えて指で示すと、マーリンは足を止めて顔を顰めた。

「あれが魔物か……」

目を凝《こ》らして、暗闇をじっと見つめた。ふいに甲高い声が闇夜に轟《とどろ》き、黒く長いものが迫ってきたのが分かった。それは見えない壁に弾かれたように、地面で一回転する。暗闇に目が慣れてきて魔物の姿が見えた。黒く硬い殻に覆われた、長い身体と赤く光る双眸《そうぼう》を持つものだ。見た目は大蛇だが、前脚があるので、とかげにも似ている。それが何匹かいて、神殿に入り込もうとしているようだった。

「気持ち悪いな……」

魔物は樹里たちを威嚇《いかく》している。暗闇の中に次々と赤い目が光る。構っていられないので、急ぎ足で庭を横切った。神殿から王宮に続く道を使い、堀にかかる橋を越えた。

王宮の庭もまた様変わりしていた。民の食糧を育てているのだろう。美しかった薔薇園《ばらえん》はなくなり、代わりに野菜や麦が植わっている。明けるのを待っているのだろう。民から聞いたところによると、魔物は夜、活発になるらしい。

「そこの二人、何者だ」

城の中に入ろうとした時、建物の陰から騎士が出てきた。樹里はフードを深く被り、そっと騎士の顔を窺った。マーハウスとユーウエィンだった。二人の騎士には、以前王都に戻るために力を借りたことがある。声をかけたいのを我慢して、マーリンの背中に隠れる。

「私です」

マーリンは二人に向かって歩み寄った。警戒して近づいてきた二人は、マーリンの顔を見て驚く。マーリンは変化《へんげ》の術が解けて元の顔に戻っている。

「マーリン殿！」

マーハウスとユーウエィンの顔が輝き、マーリンに駆け寄る。

「帰ってきてくださったのですね！　あなたの力があれば、我らもまた活路が見出せるというもの――」

マーハウスはマーリンの肩を抱き、感激したように声を震わせた。マーハウスは二十歳《はたち》くらいの若者で、ユーウエィンはライオンのような髪型の屈強な男だ。

「今までどこにいらしたのですか？　ひょっとしたら生きておられないのでは、とまで思っておりましたぞ」

ユーウエィンに熱く語られ、マーリンは苦しげに視線を逸らした。ふとマーハウスとユーウエィンの目が樹里に注がれる。

「そちらは？　王宮に避難できるのは、女性と子どものみですが」

二人の視線にさらされ、樹里は身を縮めた。

「私の弟子です。害のない者ですので、心配は無用。それより、樹里に――王妃にお会いしたいのだが」

マーリンは言葉少なく二人の騎士と接している。迂闊なことを言って不審がられないためだろう。マーハウスは頷いて、「お待ちを。今、取り次いでまいります」と城の中に入っていった。

「マーリン殿、あの魔物を倒す策はないのでしょうか？　あの魔物さえいなければ、行動範囲が広がるのだが」

ユーウエィンは王宮の外を徘徊する魔物に目をやり、マーリンに言う。マーリンはちらりと魔物を見て、悩ましげに首を振った。ユーウエィンはがっかりした顔になった。

マーハウスはすぐに戻ってきて、樹里たちを城の中へ誘《いざな》った。

城は人が多くなったので汚れは目立つが、以前とそう変わらない。

階段を上って、アーサーの部屋に案内された。王妃はこの中にいるという。未来の自分はアーサーの部屋で過ごしているのか。これから会うと思うと緊張する。どんなことになっているのか想像もできない。いきなり子どもが出てきたらどうしよう。

「王妃様、マーリン殿が参りました」

マーハウスがドア越しに告げる。ややあって、「ありがとう。通して下さい」と声が戻る。声を聞いた瞬間、どきりとした。間違いなく自分の声だ。自分で自分の声を聞くなんて変な気分だが——。

ドアが開き、樹里とマーリンは中に入った。入って、驚いた。白い衣を着た自分が立っていたのだが、自分とは思えないほど面変わりしていた。手足は細いし、儚《はかな》げな顔つきで、守ってやりたくなるような雰囲気だ。いやいやこれはありえない、と動揺して声が漏れそうになったが、必死に耐えた。

部屋にはサンもいた。樹里の知っているサンより背が伸びて大きくなっている。サンは救いを求めるようにマーリンを見た。

「お前たちは下がっていなさい」

未来の樹里がサンとマーハウスに指示を出す。マーハウスは一礼してドアを閉めて外に出た。サンは去り際に樹里に対してうさんくさそうな目を向けたが、黙って部屋を出る。

部屋に未来の樹里と自分たちだけになると、沈黙が落ちた。クロの姿は見えない。情報を集めた時もクロの話は出なかった。

「……来るのを待っていた」

未来の樹里が深いため息と共に言う。樹里は鼓動が跳ね上がった。未来の樹里はまっすぐ自分を見てきたのだ。正体を知っているかのように。考えてみれば、そこにいるのは未来の自分なのだから、知っていて当然だ。

「私がこの世界の私ではないとご存じなら、何が起きたか教えてほしい。まず、アーサー王の死因は？」

マーリンは硬い口調で切り出した。未来の樹里に対して、戸惑っているようにも見える。いや、摑みかねているのか。

「アーサーは……ランスロットに討たれて死んだ」

未来の樹里が肩を震わせて吐き出す。

ランスロットが裏切ったというのは本当だったのか。樹里はショックで足元がふらついた。あの忠誠心の厚いランスロットが裏切ったとなると、理由は一つしか考えられない。

「ランスロットはモルガンの魔術でおかしくなったんだ。俺は……止められなかった。俺が止めることができたら、アーサーは死なずにすんだのに」

未来の樹里はどこか悪いのだろうか、足を引きずるようにして長椅子に腰を下ろした。

「腹の子は……？　お前は異世界に戻った時には孕《はら》んでいたはずだ。子どもは生まれたのか？」

マーリンは未来の樹里の腹に目をやり、苛立たしげな声を出す。今、気づいたのだが、マーリンはひどく機嫌が悪い。一見冷静に見えるが、カリカリしているのが分かる。

樹里は羽織っていた布を広げて、腹部を見せた。少し大きい気がするが、目立つほどではなかった。

「この子は、未だ生まれない。もう何年になるか……。生まれる気配を見せないんだ。多分……生まれたら、俺が死ぬと思っているのだろう。俺だけじゃない、王宮にいる者も、神殿にいる者もそう思っているようだ」

未来の樹里の言っている意味が分からず、樹里は首をかしげた。

「残った民を守っているのは俺じゃなくて、この子なんだ」

未来の樹里は自分の腹を撫でて囁く。腹の子が守る？　そんなことがあるのだろうか？　大体何年も生まれてこない子どもなんて不気味で恐ろしい。

「ランスロット卿がモルガンに術をかけられたのは、どこで、いつ、どんなふうにして？　具体的な情報が欲しい」

マーリンは未来の樹里に詰め寄る。未来の樹里は首を横に振った。

「俺にも分からない。こっちに戻ってきて数カ月後には、おかしくなった。そう、確か……赤《せき》食《しょく》の日を過ぎたあたりから変だった……」

未来の樹里が低い声で呟く。赤食の日——二つの月が満月になる日だ。

「ランスロット卿を止める手立ては？　いくらランスロット卿がおかしくなったとしても、アーサー王がそう簡単にやられるはずはない。私は何をしていた⁉　もっと詳しい情報が欲しい！」

マーリンが耐えかねたように声を荒らげた。樹里も未来の樹里もびっくりして言葉を呑んだ。マーリンはずっと苛立ちを抑えていたが、心中は荒れ狂っていたに違いない。アーサーを守ることを生き甲《が》斐《い》としていたマーリンは、裏切ったランスロットだけでなく、自分自身にも腹を立てている。

「俺はその時、現場にいなかったんだ……。ごめん、マーリン。駆けつけた時には、アーサーは死んでいて、ランスロットが狂ったように咆《ほ》えていた。その後、モルガンがランスロットを連れ去った……」

未来の樹里に申し訳なさそうに言われ、マーリンは唇を噛んだ。

「アーサーとランスロットは二人きりだった……何が起きたか知っている者は一人としていない」

続けざまに吐かれた言葉はマーリンをひどく消沈させた。確かなのはランスロットがモルガンの魔術にかかって裏切ったという事実だけ。

「分かった」

マーリンは吐き捨てるように言うと、くるりと背中を向けて部屋から出ていこうとした。樹里は慌ててそれを止めた。

「マーリン、俺がなんでここに残っているのか聞いてくれ。あとクロのことも」

樹里は小声でマーリンに頼み込んだ。マーリンはアーサーのことしか頭にないようだが、樹里には疑問がある。単に民を見捨てられなかったのかもしれないが、理由を知りたかった。マーリンは面倒くさそうに舌打ちして、未来の樹里の前に戻った。

「お前は何故自分の世界に帰らない？　神獣はどこへ？」

マーリンの質問に、未来の樹里はつらそうに目を伏せた。

「クロは……モルガンに操られて連れていかれた。俺はランスロットとクロを助けたいんだ」

出てきた言葉が意外で、樹里は胸を打たれた。ランスロットだけでなく、クロまで奪われたのか。以前ジュリに操られ、襲われたことを思い出して嫌な気分になった。

「ランスロットは俺のせいでおかしくなったんだ。何とかしてモルガンの手から奪い返したいと考えている。今ラフラン領にいる者と連絡を取り合っている。妖精王が力を貸してくれているんだ。それまでは、帰れないよ……」

未来の樹里は立ち上がり、マーリンの腕を摑んだ。

「俺はお前を、お前たちを待っていたんだ。マーリン、あの魔物を倒す方法を知っているんだろう？　それが分かれば、俺たちは城を捨ててラフラン領に移動できる。ここでは駄目だ。中庭程度の畑では残った民を養う食糧は育てられない」

未来の樹里は鬼気迫る表情でマーリンに詰め寄った。樹里もマーリンを見た。マーリンはあの魔物を倒す方法を知っているのか。単なるあてずっぽうかと思ったが、マーリンの顔色が変わったので、真実だと分かった。

「……どこでそれを?」

マーリンは険しい顔つきで未来の樹里を見据える。マーリンはどうしてか言いたくないようなそぶりを見せている。

「妖精王から聞いた。この世界のマーリンはどこかへ消えてしまった。お前が来るのだけが頼りだったんだ」

未来の樹里の強い口調に、樹里は胸が熱くなった。未来の自分がここに残っている理由——それは責任感だ。民を見捨てて逃げるような真似はできない。何故なら、彼らは愛するアーサーの民だから。

「……あの魔物は、モルガンの血でできた異形のものだ。人や動物の血が好物で、毒も持っている。回復能力が高いので、尻尾《しっぽ》を切られたくらいでは死なないし、尻尾も再生する。倒す時は真っ二つに切り裂くか、どこか一カ所に集めて燃やすしかないだろう。猛毒を持っているので、噛まれたら終わりだ」

未来の樹里が顰め面でマーリンを見る。

「それくらいは俺たちも分かっている。何人もの騎士があの魔物にやられたんだ。マーリン、もっと違う倒し方があるんだろう?」

不満げに未来の樹里に言われて、マーリンは悔しそうな表情になった。マーリンにはあの魔物を倒す方法があるようだが、どうやら実践したくないらしい。

「マーリン、手伝ってやってくれよ。こんな状態、見ていられないよ」

樹里は小声でマーリンに頼み込んだ。未来のキャメロット王国が滅びようとしているのに、手を貸さないなんてあんまりだ。

「方法はある……が、それをしたら、次元越えの魔術がしばらく使えなくなる」

マーリンは仕方なさそうに事情を明かした。樹里は目を瞠《みは》る。

「どういうことだ?」

「強力な魔術を要するので力を浪費する。再び魔力が溜まるまで、半月はかかるだろう。いや、植物の力がないので、もっとかかるかもしれない。私は一刻も早く元の世界に戻りたいんだ」

マーリンが渋った理由が分かった。要するにゲームでいう魔力切れ状態になってしまうということだろう。

「そういや、以前ガルダが赤食の日にしか次元越えをできないと言っていた。あれは嘘だったのか」

未来の樹里が思い出したように言った。樹里もそれを考えていた。ガルダが一年後でなければ自分の世界に帰れないと言うから、仕方なく神の子の代理をしていたのだ。

「それは嘘ではない。ガルダは魔力が少ないから、次元越えという大魔術を使うには赤食の日を待たなければならないのだ。私はあいつより大きな力を持っているので、可能なだけだ。その私でさえ次元越えの大魔術は何度もできるものではない。これ以上帰る時間を延ばされるのはごめんだ」

マーリンの考えは理解できたが、このまま彼らを放って帰るのも嫌だった。そもそもこれは自分たちが辿る運命なのだから、ここで手を打たないと、もっとひどくなるのではないだろうか。もちろんこういう運命を辿らないように、自分たちの世界に帰った時、あらゆる手を尽くすつもりだ。けれど上手くいく保証はどこにもない。

マーリンはアーサーが若くして死ぬ運命を受け入れることができない。それは樹里も同じだが、目を背けているだけでは駄目だと感じた。

「それなら何とかなるかもしれない。実は赤食の日は三日後なんだ」

目を輝かせて未来の樹里が言った。マーリンの強張った顔が和らぎ、目に光が戻る。

「それが本当なら、三日後には次元越えの魔術が可能になる。分かった、そういうことなら手を貸そう。あの魔物を倒すには、同じ魔物を作り上げるのがもっとも有効だ」

マーリンは流暢に対策を語り始めた。

モルガンの血から生まれた魔物を、マーリンの血から生まれた魔物で倒す。言ってみればハブとマングースの対決みたいなものだろうか。そのために必要な素材をマーリンは口にした。

「聖水を大量に。それから石か木切れ、鉱物があればなおいい。あとは土だ」

未来の樹里が目を輝かせ、マーリンの手を握る。

「ありがとう、マーリン！　すぐ用意させる！」

一筋の光の道が示されたことで、樹里もホッとした。王都にはびこる魔物を倒して、この世界の樹里がランスロットとクロを助けに行けたらいい。未来の自分の背中を見つめ、上手くいくように願わずにはいられなかった。


翌日は慌ただしい一日となった。

王宮と神殿に避難していた者たちにマーリンが戻ってきたことを告げると、誰もが喜び、安堵した。魔術師マーリンの帰還を皆がどれほど待ちわびていたか目《ま》の当《あ》たりにした。この世界のマーリンはどこへ行ってしまったのだろう。彼らの喜ぶ姿を見せてやりたいと思った。

樹里や大神官、神官たちが聖水を広場に運び込んだ。大きな壺にはたっぷりと聖水が入っている。神殿内に湧水があって、そこは汚染されずに綺麗なまま保たれていた。

民たちによって石や木切れが集められたが、それ以上に活躍したのは第二王子のモルドレッドがかつて蓄えていた鉱物の倉だった。十分すぎるほどの鉱物が集まった。

マーリンは高らかな歌声を広場に響かせる。騎士や神官、民が固唾《かたず》を呑んで見守る中、金色の杖を壺に向かって振るった。そして、マーリンは杖で自分の腕に線を引いた。一筋の血が、腕に走る。

マーリンはその血を、一滴一滴、壺に入れていく。それを終えると、再び杖をかざす。

「おお……」

人々の口からどよめきが上がる。壺に入っている聖水が粒となって上空に上がり、蒸気に変わったのだ。マーリンの歌声は人々の胸を震わせた。柱の陰から見守っていた樹里も、マーリンの魔術に見入った。

広場にもくもくと煙が広がる。マーリンは鉱物を一つ手にとり、蒸気の中に放った。

「わっ」

皆がどよめいて後ずさる。蒸気から一本の白く長いものが伸びてきたのだ。まるで白蛇だ。それは宙をにょろにょろと浮遊し、開いている窓からすーっと外へ出ていった。

マーリンは次々と鉱物を蒸気へ投げ込んだ。歌は続いている。蒸気の中から次から次へと白蛇が生まれ、外へと飛び出していく。

「見ろ！　魔物を喰っているぞ！」

騎士の一人が外を見て叫んだ。樹里は急いで窓際へ走った。騎士の言う通り、外に出ていった白蛇が、黒い魔物と絡み合い、魔物を消滅させている。

「すごい……」

樹里は神殿から出ていく白蛇が小気味よく魔物を倒すのを見て感嘆した。マーリンはあの魔物がモルガンの血で作られたと言っていた。白蛇はマーリンの血で作った魔物というわけだ。

「やった、やったぞ！　見ろ、魔物が！」

騎士たちが歓喜の声を上げて、手をとり合っている。

「魔術師マーリン！」

「魔術師マーリン、万歳！」

魔物を一気に殲滅《せんめつ》していく様子に、その場にいた人々が喜びの声を上げた。暗かった顔に明るさが甦り、歓喜に胸を震わせている。民たちは涙を流してマーリンに感謝を表した。樹里も嬉しくてたまらなかった。こんなすごいことができるマーリンは、真の魔術師だ。

神殿内にいた白蛇は、集めた鉱物や石、木切れの数だけ生み出された。樹里がマーリンの元に戻ると、涼しげな顔のマーリンがいた。

「あの白いものは人間に害をなさないよう、すべての魔物を倒したら消える仕組みになっている。太陽の出ているうちは有利なので、日が暮れる前までにすべての魔物を倒すのを期待するしかない。夜になったら身を隠し、朝日が昇るまで待機するよう命じた。私ができるのはここまでだ」

マーリンは未来の樹里と向かい合っていた。

「マーリン、ありがとう。これならすぐラフランに出発できる。感謝している」

マーリンは未来の樹里の感謝を軽く手でいなす。すると急に未来の樹里が柱の陰に隠れていた樹里のほうにやってきた。未来の樹里は、柱越しに樹里を見つめる。

「――アーサーとランスロットを助けてやってくれ」

樹里はどきりとして床に目を落とした。

「俺は選択を間違えた。覚悟が足りなかった。皆を救いたいと思って、誰も救えなかった。この未来は俺が招いた結果なんだ。どうか……お前は間違えないでくれ」

未来の樹里はつらそうな声で吐き出した。そしてくるりと背を向けて民の元に戻る。樹里は託された言葉の意味を必死に考えていた。自分の選択で未来が変わるなんて恐ろしいことだと思った。

マーリンは民から逃れ、樹里の前に立つ。

「民がいなくなったら、この場から次元越えを行おう。神殿なら、場も整っているし、間違った場所には行かないはずだ」

マーリンは樹里に耳打ちして、礼を言うために集まってきた民に向かって手を上げた。

早く生きているアーサーに会いたい。

歓喜に沸く人々の中で、樹里は複雑な胸中を抱えて、人のいない場所へと移動した。

4 キャメロット王国への帰還

The return to Camelot Kingdom

未来の樹里《じゅり》と騎士たち、神官や神殿に避難していた民たちは翌日の日の出と共にラフラン領に向かって出立した。

未来の樹里は最後までマーリンについてきてほしいと頼んでいたが、マーリンは首を横にしか振らなかった。この世界のマーリンが戻ってきて未来の自分と合流してくれるのを願わずにはいられない。

神殿にはわずかな人も残った。リリィもその一人だ。年老いた者たちは長時間の移動が困難ということで、このまま神殿に暮らす道を選んだのだ。幸い、中庭には野菜や麦を育てる畑が残されている。少人数なら暮らしていけるだろう。

赤食《せきしょく》の日は、未来の樹里が言った通り、訪れた。

その夜、空には赤い満月がふたつ不気味な光を放っていた。これを見上げるのは初めてこの世界に来た時以来だ。禍々《まがまが》しさに、こころもとなくなる。

「始めるぞ」

マーリンは以前、樹里が呼び出された部屋に入ってそう言った。

床には香油で魔方陣が描かれる。マーリンはたくさんの魔術を習得している。難解な文字や記号を淀みなく描く姿は頼もしい。

「よし、力が注がれてくる」

マーリンは魔方陣に力が満ちると、樹里を中央に招いた。また洗濯機に放り込まれたタオルみたいになるのかと恐々としながら、樹里はマーリンのマントを摑んだ。

歌声が部屋中に響いた。地鳴りがして、樹里は足元をぐらつかせた。マーリンの歌声は樹里の周囲をぐるぐる回って全身に絡みついてくる。

「ひいいーっ」

何度経験しても慣れるものではない。

再び光の渦の中に投げ出され、必死になってマーリンにしがみついた。眩しくて目を開けていられない。ジェットコースターに乗っているような気分だ。光のトンネルをくぐって放り出された時の衝撃に身構える。

「うわああ……っ」

無重力の状態からいきなり重力のある世界に落とされた。樹里は地面に落下してゴロゴロと転がった。くらくらする頭で今度は大丈夫かと周囲を見渡す。

予定では神殿に出るはずだった。

それなのに草むらに出た。ふらつく足で立ち上がると、湖が見える。ラフラン湖かと思ったが、違った。王都に近い場所にある湖だ。

「また違う場所に出たのか……。何故だ、次元が不安定なのか」

マーリンは樹里より早くこの場に適応して、辺りを見渡して呟く。違う場所と言われて不安になったが、辺りの風景は緑に溢れるいつものキャメロット王国だ。湖も綺麗だし、鳥や花も異常はない。

「未来ではないと思うが……」

マーリンはいぶかしみながら整地された道に出た。折よく籠《かご》を抱えた農夫が歩いてきて、マーリンが今日の日付を聞く。

「よし、今度は問題ない。私が次元越えをした日から二週間後、お前が出ていってからふた月後だ。この程度の誤差ならいいだろう」

マーリンは次元越えが成功して満足げだ。鳥を使って王宮と連絡をとっている。戻ってきたことを一足先に伝えるのだろう。

自分が出ていってからふた月後か。言われてみると、周囲の景色は冬直前だ。にわかに緊張してきて、樹里は今後について考えた。生きているアーサーに会えたら心の底から安堵できる。アーサーにはいろいろ謝らなければならないことがある。少し怖くもあるけれど、やっぱり会えるのは嬉しい。

あれこれ考えながら王宮に向かった。まだ日は高く、のどかな田園風景が続いている。馬でこの湖に来た時はわりとすぐだったが、徒歩なら二、三時間というところだろうか。

「マーリン、ランスロットはどうするつもりだ？　何か対策はあるのか？」

こうして元の世界に戻れたのはいいが、問題はランスロットの裏切りをどうやって阻止するかだ。アーサーを死なせないための手立てを考えなければならない。

マーリンの意見を聞こうと思って振り返った樹里は、ぎくりとした。マーリンは無表情で、悩んでいる様子はない。だから、ピンときた。

「マーリン！　てっめー、ランスロットを殺す気だろ‼」

樹里はマーリンの腕を強く引いて、怒鳴りつけた。マーリンはうっとうしげに樹里の手を振り払い、冷めた眼差しで笑う。

「ランスロット卿さえいなくなれば、アーサー王は死なない。原因をとりのぞくのは、私の役目だ」

案の定、マーリンはランスロットを殺害するつもりでいる。

「だから！　何でそう何でもかんでも排除しようとするんだよ！　俺の次はランスロットかよ！　排除しても別の誰かが出てくるだけだ！」

樹里が大声で訴えると、マーリンは怯《ひる》んだように顔を顰《しか》めた。

「それじゃ意味がないんだよ！　大体、忘れたのか⁉　あの地下神殿で、モルガンを倒すには三人の力が必要だって記してあったのを見たじゃないか！」

地下神殿にはモルガンを倒す言葉が刻まれていた。アーサーとマーリン、そしてランスロットの力が必要なのだ。

「それは……確かに……」

マーリンは珍しく気弱な声を出した。アーサーの死がランスロットによってもたらされると知り、動揺してすっかり頭から抜け落ちていたのだろう。

「しかし、ランスロット卿は味方であれば大きな戦力だが、敵につけば脅威となる。モルガンは王都を襲った時、魔法の剣を奪いとらなければキャメロットを自分のものにはできないと気づいただろう。モルガンの立場になって考えてみたら、敵の力の一番弱いところを衝《つ》くのは当然のこと。つまり、お前かランスロット卿だ」

マーリンは吐き捨てるように言った。

「モルガンは最初、お前に魔法の剣を奪わせようとした。そして次はランスロット卿に狙いをつけた。王家の血には特別な力があり、モルガンの魔術で殺すことはできない。だからモルガンは、ランスロットを意のままに操って、アーサー王を殺すことを決めたのだろう」

ランスロットが狙われた理由が分かって、樹里はマーリンを睨《にら》みつけた。そこまで分かっているのに、どうして短絡的に殺そうと考えるのだろう。言いたくはないが、そういうところはモルガンそっくりだ。

「マーリン、俺たちのやることは決まってるんだ。ランスロットをモルガンに操られないようにする。もし操られた場合は、アーサーを殺されないようにする。それ以外は認めないからな！」

樹里が叩きつけるように言うと、マーリンは腕組みをして黙り込んだ。互いの間を風が通り抜け、しばらく睨み合いが続いた。

マーリンはアーサーに関して冷静さを欠くことが多い。ここは退《ひ》けないと睨み続けていると、根負けしたようにマーリンが腕組みを解いた。

「……確かに、地下神殿の言葉を信じるなら、ランスロット卿を失うわけにはいかない」

やっとマーリンが折れてくれて、樹里はホッとした。理解してくれて助かった。この先のことを考えると、身内に寝首を掻く奴がいるのは困る。

「よし、そんじゃ次の話。ランスロットがモルガンの魔術にかからないよう何かできないかな？そういうのを撥《は》ね返《かえ》すような魔術はないの？」

樹里は歩きながら、マーリンに聞いた。ランスロットは以前マーリンの魔術でおかしくなったことがある。あの時は妖精の剣でなんとかなったが。

「ランスロット卿には妖精の剣と、地下神殿で得たネックレスがあるはず。その二つがある限り、モルガンの魔術にかかるはずがない。もしかかるとすれば考えられるのは、その二つのどちらかを奪われた場合……」

マーリンは考え込んだ。

「それだ！」

樹里は手を叩いて叫んだ。

「まずランスロット卿の周囲を調べ、不審な人物、獣など、変わったことがないか確認しよう。私が出る前のランスロット卿はいつもと変わりなかった。この二週間のうちに何事もないならいいが」

マーリンの頭も冴えてくる。樹里はうんうんと頷いた。

「ランスロット卿に、見張りをつけよう。鳥か獣、小動物がいいだろう。不審な動きがあればすぐ分かるように」

マーリンの魔術があれば、敵の攻撃を防げるに違いない。

「――それで、どうする？　本人に言う？」

樹里は一番大切な点をマーリンに伺った。ランスロットに未来のキャメロット王国の話をするべきか、否か。難しい問題だ。忠誠心の厚いランスロットは、自分がアーサーを殺したと知れば大きなショックを受けるだろう。

「……裏切りに関しては言わないほうがいいだろう。精神の動揺は魔術にかかりやすい状況を生む。だが、アーサー王には話す。アーサー王には注意を払ってほしいからな」

マーリンの意見に樹里も賛成した。アーサーはランスロットの裏切りに気づかずに討たれたに違いない。あらかじめ知らされていれば、みすみすやられるはずはない。

「それでいいと思う。……あとさぁ、もう一つ」

樹里は一つ思い出したことがあって、声を落とした。

「俺が孕《はら》んだとか、そういうことアーサーに言わないでくれる？　俺はマジで妊娠なんてありえねーと思ってるし、第一マーリンの見立てが間違ってる可能性大だし」

王宮が近づくにつれ、樹里はそわそわしてきた。マーリンがアーサーにうっかり孕んだなどと言いださないように念を押す必要がある。

「私の見立ては間違いない」

ムッとしてマーリンが腕を組む。

「だが、懐妊について話したら、アーサー王はお前を王妃にと言いだすだろう。未来を変えるのは必要なことだ。私たちが視《み》た未来では、お前は子どもを産んでいない状態で王妃になっている。小さな違いも積み重ねていくことで未来は変わるかもしれない」

「そうそう」

マーリンが黙っていてくれそうなので、樹里も勢い込んだ。これで変な誤解はされずにすみそうだ。

「その代わりお前も無茶な行動は慎め。お前はもう、お前ひとりの身体ではないのだ。栄養をとり、睡眠を十分とり、心穏やかに過ごすのだ。王家の血を絶やさないようにすることがお前の責務だ」

マーリンは医師みたいなことを言う。へー、へー、と適当に返事して、樹里はほっとした。

ふと前方を見ると、平坦でまっすぐな道の向こうに土煙が起こっている。何かと思って目を凝《こ》らすと、白馬が激走しているのだった。しかも乗っているのはアーサーではないか。

「アーサー王自ら迎えに来たか。待っていればいいものを」

マーリンが呆れたように言う。

樹里はさーっと血の気が引いた。白馬に乗って激走しているアーサーが、怒りのオーラをまき散らしているからだ。しかもそれは自分に向けられている気がする。遠くからでも樹里たちを確認したのだろう。恐ろしい形相で駆けてきた。

「樹里！　貴様よくも！」

遠くから大声で怒鳴られて、樹里はくるりと背中を向けた。

「すっげー怒ってるじゃん！」

樹里は慌てて来た道を戻り始める。マーリンが「怒っていなかった」と言ったから安心していたのに、めちゃくちゃ怒っている。怒り狂っている。捕まったら殺されるかもしれない。そういえばアーサーは昔、樹里に対しても裏切れば殺すと言った。

「ひぃいいいっ」

樹里は全力疾走でアーサーから逃げた。けれど相手は馬で、その距離はあっという間に縮まった。馬の蹄《ひづめ》の音とアーサーの迫ってくる気配に、樹里は恐怖した。

「樹里！　止まれ！　この馬鹿！」

アーサーは背後まで迫りながら、怒りの声を上げている。

「やだよ！　こえーよ!!」

後ろも振り返らずに怒鳴り返し、樹里は街道から外れて、茂みの中へ飛び込んだ。馬のいななきの後に、アーサーが馬から飛び降りる。懸命に逃れようとしたが、茂みの奥で襟首を摑まれて、地面にどうっと倒された。怖くてぎゅっと目をつぶる。

「ぎゃあああ！　命ばかりはお助けを！」

地面に組み敷かれて情けない声を出すと、のしかかっているアーサーが歯ぎしりするのが分かった。

「お前が消えて、俺がどんな思いをしたと思う！」

激しい勢いで叫ばれて、樹里はおそるおそる目を開けた。自分を地面に押しつけているアーサーは、怒りと悲しみがないまぜになった目をしていた。その目を見たとたん、自分がどれほどアーサーを苦しめたか分かった。

「水の中でいきなり消えて！　もう二度と会えないのかと生きた心地がしなかったぞ。お前を捜し続けて……、クソ、何で消えた⁉」

アーサーは樹里の頭の横の地面を激しく拳《こぶし》で叩きつけた。樹里は身動きがとれなくなって、震えながらアーサーを見上げた。

「ご、ごめん……」

ようやく絞り出すように言うと、アーサーが余計に顔を歪ませる。

「あ、あの、エクスカリバーはモルガンに渡してないし！　妖精王が預かってくれてるから！　つか、盗んでごめん！　ごめんなさい、あれには事情が……っ」

何とかアーサーの怒りを鎮めようと、樹里は必死に弁明した。エクスカリバーを盗んだことを怒っていると思ったのだ。

「剣のことはどうでもいい！　それより、何故消えた！　そっちのほうが問題だ！」

アーサーに再び叫ばれて、樹里は唖然とした。エクスカリバーを盗んだことより、樹里が消えたことをアーサーは怒っている。

「合わす顔がないから、じ、自分の家に帰ろうと思って……」

　正直に気持ちを吐露したが、アーサーの怒りは収まらなかった。どう言えばアーサーの怒りを和らげることができるのか、急いで頭を巡らせた。まごまごしているうちに、アーサーの手が樹里の頭をがしっと摑む。

「二度と勝手に消えないと誓え」

　魂まで焼かれそうな激しい目で見据えられ、樹里は息を吞んだ。怒っているアーサーは恐ろしく怖いが、それ以上に美しいと思ったのだ。

　アーサーの前から逃げ出さないという誓い――樹里はすぐには答えられなくて、固まった。本当に自分は誓えるのだろうか？　不測の事態が起きた時、湖に飛び込まないと言えるだろうか？　けれど、勝手に悩んで一人で行動して、それで何になる？　これじゃマーリンを責められない。

(俺、馬鹿だな)

　樹里はアーサーがどれほど苦しんだのかを知って、たまらない気持ちになった。自分は独りよがりで、考えなしの大馬鹿だった。次に何か起きた時、樹里はアーサーにはすべて話そうと決めた。

　エクスカリバーを盗んで、自分の世界に戻った理由は、ジュリと自分の関係、モルガンとの関係、それらをアーサーに話したくなかったからだ。マーリンがモルガンの子どもであると明かしたくなかったように、樹里も自分が造られた存在だと言いたくなかった。

「……全部、話すよ」

　樹里はアーサーの燃える瞳に吞み込まれて、わななく唇で呟いた。

「もう二度と勝手に消えたりしない、全部……アーサーに話す」

樹里がかすれた声で言うと、アーサーの目が大きく見開かれた。掴んだ頭を引き寄せられたと思う間もなく、アーサーの唇が樹里の唇をきつく吸った。アーサーの熱い吐息がかけられる。アーサーは貪るように樹里の唇を求めた。

「ん、んぅ……」

アーサーの激しい口づけに、樹里は息を詰めた。唇の端に痛みが走り、アーサーに噛まれたのが分かった。アーサーは昂《たかぶ》る想いを御しきれないように樹里の両頬を掴み、めちゃくちゃにキスしてくる。

「アー……、サー……」

口の中に血の味が広がる。重なったアーサーの身体は熱く、鎖帷子《くさりかたびら》が肌に触れて痛かった。アーサーは忙しない様子で樹里の衣服の裾をまくり上げた。

「ちょっ、ま……っ、ここ、外！」

アーサーの手が淫らな動きを見せたので、樹里は焦ってのしかかる胸を押し返した。アーサーと会えて気持ちは昂っているが、野外で事に至るほど羞恥心《しゅうちしん》のない人間ではない。

「うるさい、お前は黙っていろ！」

アーサーはすっかりその気になってしまったようで、樹里の下肢を広げようとする。

「……何だ、これは？」

股間に手を伸ばしたアーサーが怪訝《けげん》な顔で動きを止めた。

「変な布をつけている」

アーサーは衣を捲《まく》り上《あ》げると、奇異な目つきで樹里を見下ろしてきた。

実はノーパンになるのがこころもとなく、パンツを穿《は》いてきたのだ。

「貞操帯か？　浮気はしていないと？」

アーサーは樹里のパンツをしげしげと見て首をかしげる。初めて見るパンツに怒りが削がれたようだ。アーサーの見当違いの発言に、樹里は真っ赤になって顔を覆った。

「あの、俺の世界ではこれが一般的というか……」

何が悲しくてこの感動的なシーンでパンツの説明をしなければならないのか。樹里がしどろもどろになると、アーサーは不可解そうな顔つきで樹里のパンツを一気に引き下ろした。それだけでなく、樹里の身体からマントを引き剝がし、リュックサックも放り投げる。

「わぁ！　アーサー、こんなとこじゃまずいって！　誰か来たらどうすんだ！」

再び臨戦態勢に入ったアーサーから逃れようと草むらを這ったが、アーサーの腕で簡単に引き戻される。

「どうもしない、いいから大人しくしていろ」

こんな真っ昼間の野外でもアーサーには関係ないらしい。アーサーの大きな手が性器にかかり、乱暴に擦られる。大事な場所を握られては身動きがとれなくなって、樹里は地面に上半身を押しつけ、「ひぃ」と上擦った声を上げた。

「お前が別の奴とするなと言うから、こっちは我慢していたんだぞ。このままお前が戻ってこなかったら、干からびるところだった」

アーサーは背中に覆い被さって文句を言う。

アーサーが浮気はしていなかったと知り、抵抗する動きが弱くなってしまった。アーサーには確かに悪いことをした。謝ってすむ問題ではない。そのアーサーがしたいと言うなら、今は我慢するしかない気がした。せめて、人けのない場所でしてほしかったが……。

「あ……っ」

下半身を持ち上げられて、尻を晒《さら》される。腰まで衣服がまくられているので、太陽の下に尻を出している状態だ。それだけでも恥ずかしかったのに、アーサーは樹里の尻たぶを広げ、舌を這わせてくる。

「ひぁ、や、やだ、それ……っ、そういうのいいから！」

尻の穴を思いきり舐《な》められて、腰を揺らす。水浴びもろくにできていないから汚いのに、アーサーは構わず舌ですぼみを濡らしてくる。

「や……っ、い、やぁ……っ」

アーサーの舌があらぬ場所をこじ開けようとする。ぞくぞくとした甘い感覚が背中に走って、樹里は引《ひ》き攣《つ》った声を上げた。アーサーは尻を揉みしだき、濡れた音をさせて尻の穴を責める。

「嫌じゃないだろ、濡れてきたぞ」

アーサーが顔を離して、指を挿し込みながら言う。アーサーの指は中に潜ると、滑らかな動きで内部をかき回す。アーサーの言う通り、そこはすぐに柔らかくなった。濡れているのが自分でも分かる。アーサーが指を出し入れするたびに、いやらしい音を立てるからだ。

「ひ……っ、う……っ」

マーリンが孕んだと言っていたが、男なのに奥が濡れるようになったのも、そのせいなのだろうか。まさか、と否定しつつ、樹里はびくびくと腰を揺らした。

「熱くて、締めつけてくる」

アーサーが二本の指を奥まで入れて、囁《ささや》いた。二本の指は内壁を広げるように動くと、樹里の弱い場所を指で擦り上げてきた。急速に身体の熱が上がり、息が乱れてくる。

「や……っ、あ……っ、う……」

外なのだから声を出さないようにと、樹里は自分の手で口をふさいだ。するとアーサーがわざとみたいに、激しく指で内部をぐちゃぐちゃとさせる。長いアーサーの指は奥まで刺激する。腰が勝手に揺れるのを止められなくて、樹里ははぁはぁと息を荒らげた。

「こんなに感じやすい身体で、本当に誰ともしていなかったのか？」

アーサーが重なってきて、樹里の耳朶《じだ》を噛む。

「し、してない……っ」

不義を疑われるのは心外で、樹里は息を喘《あえ》がせながら首を振った。アーサーの開いた手が、樹里の衣の上から胸元を探る。

乳首の辺りを引っかかれて、ひくんと腰が震える。

「本当だな？」

アーサーは尻の奥を弄《いじ》りながら、樹里の乳首を服の上から乱暴に引っかく。アーサーと最後に身体を繋げて以降、自分の身体を弄ることさえしなかった。その気になれなかったし、吐き気がひどくて性欲が減退していたのだ。

それなのにこうしてアーサーの匂いを嗅《か》いであちこち触られると、火種が身体中に仕込まれているようだった。アーサーの愛撫が気持ちよくて、重なる肌が充足感を生む。

「するわけないだろ……っ、もう……、あ、あ……っ」

乳首をねじられて、樹里は甲高い声を上げた。アーサーは樹里の肩から衣を引き裂いた。びっくりして振り返ると、上半身をむき出しにされる。

「ひゃ、ぁ……っ」

身体を反転されて、アーサーが乳首に吸いついてきた。舌先で乳首を転がされ、甘い声がこぼれる。アーサーは尻の奥から指を引き抜き、樹里の反り返った性器を指で弾いた。

「こっちもびしょびしょだ」

アーサーの言う通り、樹里の性器は濡れて先走りの汁を垂らしている。服はぼろぼろになるし、自分が野外でこんな状態になることが信じられなかった。

「禁欲生活をしていたから、俺も限界だ」

アーサーは上半身を起こすと、下肢だけをくつろげて、いきり立った性器を取り出した。久しぶりに見るとすごく大きくて怖くなる。紅潮した頬でアーサーの性器に釘づけになると、アーサーは樹里の脚を広げて、すぼみに猛ったモノを押しつけてきた。

「ふ…ぅ…、あ、は……ぁ、はぁ……」

アーサーは最初はゆっくりと性器を押し込んできた。けれど樹里が腰をくねらせると、一気に奥まで埋め込んだ。急に大きな質量のあるモノで身体を開かれ、樹里は仰《の》け反《ぞ》って呻《うめ》いた。痛みと快楽で、汗がどっと出てくる。

「ああ、あ……、はぁ……、はぁ……」

樹里は地面に頭を擦りつけて、呻き声を上げ続けた。アーサーと繋がっている感覚が奇妙に思えて、膝が震える。自分の身体の奥でどくどくと脈打つ硬いモノが、精神をおかしくさせるようだ。

「きつい……、お前のが吸いついてきて、気持ちいい……」

アーサーは樹里を見下ろしながら、熱い吐息をこぼした。

アーサーはかすかに息を乱しつつ、樹里の額にはりついた前髪を搔き上げた。

「樹里……、お前が戻るのを信じて待っていた……」

アーサーが苦しげな顔つきで屈《かが》み込《こ》み、樹里の唇を吸う。熱い舌が絡み合うと、自然と銜《くわ》え込《こ》んだ内部が収縮した。アーサーの性器は身体の中ですごく大きくなっている。動いていないのに時々背筋に電流が走るのは、何故だろう？

「アーサー……、俺……、あぅ……、う……っ」

じわじわと内部が気持ちよくなってきて、樹里は身悶《みもだ》えた。それに呼応するように、アーサーが軽く腰を揺さぶる。

「ひ……ぅ、あ……っ、ひ……っ、や、ぁ……っ」

声を出してはいけないと思うのだが、アーサーが律動すると声が抑えられない。感度が高まって、奥がひくつく。嘘みたいに感じやすくなっている。アーサーの性器が奥で動くと、ひっきりなしに甘い声がこぼれる。

「気持ちいいのか……?」

アーサーが乳首を指で撫でながら、囁く。

「う、うん……、き、気持ちいー……、ぁ……っ、ひ、ン……ッ、う、あ……っ」

樹里は目を潤ませ、腰をくねらせた。

アーサーは両手で確かめるように樹里の身体を撫でていく。首から鎖骨へ、胸元を撫で回し、脇腹へ。その手がまた胸元に戻り、尖《とが》った乳首を指で弾く。

「あ……っ、あ……っ、や、ぁ……っ」

快楽が強くて、ここが外だというのも忘れそうだった。するとアーサーの顔が何かを耐えるように歪み、腰を抱え直される。

やおら、激しい動きで奥を突き上げられた。

「ああ……っ、う、ああ、あ……っ」

樹里は仰け反って、強い快楽に嬌声《きょうせい》を上げた。アーサーは我慢できなくなったのか、乱暴に樹里を揺さぶる。奥まで性器でずんずんと突かれ、樹里は太ももを引き攣らせた。

「樹里……っ、久しぶりだからあまり保《も》ちそうにない……っ」

アーサーは樹里の奥をぐちゃぐちゃにかき回しながら、上擦った声で口走った。最奥《さいおう》を性器でぐりぐりされると、強烈な快感が脳天まで走る。

「ひああ……っ、あぁ……っ、ひ、ぃ……ああ……っ」

奥をガンガン突かれているうちに、耐えきれない快楽の波が押し寄せた。樹里はアーサーの腰をきつく挟むようにして、大きく身悶えた。

「やあああ……っ!!」

性器から白濁した液体が噴き出される。樹里はため込んでいた息を一気に吐き出した。気持ちよくて頭がぼうっとするくらい、全身から力が抜ける。

「う……く、……っ」

続けてアーサーが樹里の奥に愛液を注ぎ込んできた。中で出されているのが分かり、ひどく興奮した。アーサーの精液を愛しく感じ、もっともっととねだるように内部がひくつく。

「はぁ……っ、はぁ……っ、はぁ……っ」

互いに欲望を吐き出すと、全力疾走したみたいに荒く息を吐いた。胸が上下し、肩が揺れる。身体が熱くて、目眩《めまい》がする。アーサーは息が落ち着くのも待たずに、樹里の唇を舐め回す。

「ん……ぅ、ん……っ、ん……っ」

樹里が苦しくて顔を背けようとすると、強引に顔を戻されてかぶりつかれる。

「はぁ……っ、は……っ、ひ……っ」

アーサーのキスが執拗《しつよう》で、樹里はとろんとした眼差しになった。口元は濡れて、きっとだらしない顔になっている。アーサーが抜いてくれないから、身体は繋がったままだ。鼓動が激しい勢いで鳴っている。

　アーサーがじっと樹里を見つめる。

「お前……少し太ったか？」

　睦言でも言うのかと思ったのに、何だそれは。つい胸を拳で叩いてしまった。アーサーがたじろいだように身を引き、樹里を見下ろす。

「気のせいじゃなく、全体的に柔らかくなっているぞ。抱き心地がいいので俺は嬉しいが」

　アーサーの手が身体を撫で回す。マーリンの孕んだという言葉が頭を過《よ》ぎり、動揺した。吐き気が治まった後、食欲が湧いたのは確かだ。樹里のいる世界ではいくらでも食べ物があった。しかしそんなわけはないと否定し、樹里はそっぽを向いた。

「マーリンが来た」

　アーサーは顔を上げ、呟く。樹里がびくっとすると、仕方なさそうに腰を引き抜く。マーリンに変なところを見られてはならないと、樹里は急いで衣服を掻き寄せた。アーサーが破いたのでひどい有り様だ。慌てて黒いマントを羽織る。

「人払いしてくれていたのか？　悪かったな」

　アーサーは身づくろいをすませ、近づいてきたマーリンに声をかけた。どうやらマーリンが自分たちの営みを誰も邪魔しないようにしてくれていたらしい。樹里はリュックサックを背負って立ち上がろうとしたが、ふらついてアーサーの腕に引き寄せられた。

「私のいない間に何か変わったことはありましたか？」

乱れた状態の樹里を見やってから、マーリンは淡々と聞く。

「いや、特に変わったことは起きていない。王都は平和だった」

アーサーがそう言って、放置していた馬の元に進む。アーサーの愛馬は草を食《は》んで待っていた。

アーサーは樹里を馬に乗せようとしたようだが、下肢がぐちゃぐちゃでそれどころではなかった。アーサーの出した精液が垂れてくるし、足はふらふらだし、余韻で身体はまだ熱い。

少し休ませてくれと頼んでこそこそと後始末した。やっと落ち着いて風に吹かれていると、街道からやってくる黒馬と豹《ひょう》のような獣が視界に入った。

「樹里様！」

黒馬の騎士は、ランスロットだった。樹里の姿を確認して、顔をほころばせている。黒馬に並走していたのは樹里の愛猫《あいびょう》クロだった。今は神獣として銀色の豹の姿をしているが、樹里の頼もしい相棒だ。クロはすごい勢いで走ってきて、樹里に飛びついてきた。いつものように受け止めようとした時、突然視界からクロが消えた。

「へっ？」

びっくりして目を丸くすると、クロが草むらに転がされている。よく見ると、マーリンが杖をクロに向けていた。何かの魔術を使ったらしく、吹っ飛ばされたクロは呆然としている。クロだけではない、アーサーも、駆け寄ったランスロットも、そして樹里もぽかんとした。

「失礼、危険を感じたもので。おい、獣。いきなり樹里に飛びつくな。自分の身体の大きさを考えて行動しろ」

マーリンはクロに向かって厳しい声を出す。クロはクロなりに訳が分からないという表情を浮かべ、樹里にそろそろ近づいてきて顔を舐めた。まさか今のは、自分の身体を気遣ってのことだろうか……。

「どうした、マーリン。樹里に対して優しいじゃないか。和解したのか」

アーサーは戸惑いながらも笑顔だ。クロは以前から嬉しい時は樹里に飛びついていた。マーリンがそれを気にしたことなど今まで一度もない。

「そうですね。アーサー王の愛する方ですから、大切にしようと思います」

マーリンはそっけなく答える。おかしな雰囲気になったのを気にしつつ、樹里はクロの身体を撫でた。

「樹里様、お戻りを信じておりました。無事なお姿を拝見できて嬉しく思います」

ランスロットは微笑みながら軽く膝をつく。今のランスロットに変わった点はない。モルガンはどうやってこの高潔な騎士を陥《おとし》れるのだろう。

「心配かけてごめんな」

樹里はランスロットの手をとって、謝った。

(絶対にランスロットに裏切りなどさせない。阻止してやる)

久しぶりの再会を喜びながら、樹里はそう胸に誓った。

5 決意

Determination

アーサーの馬に乗せられて王宮に向かう街道の途中で、人々に気づかれ樹里《じゅり》は熱い歓迎を受けた。民は樹里が戻ってきたことを心から喜んでいる。

いたたまれないとはこのことだ。王都にはたくさんの人が集まって、樹里の帰還を祝っているが、本当は牢屋《ろうや》に入れられるようなことをしたのだ。しかしアーサーが罪を隠してくれたおかげで、何の咎《とが》を受けることもなくキャメロット王国に戻れた。満面の笑みを浮かべる民を見ていると申し訳なくて罪悪感に苛まれた。一人一人に謝りたい気分だ。

「見ろ！　空に二頭も！」

樹里が悶々《もんもん》としていると、誰かが空を指して叫んだ。空にはケルピーと呼ばれるトリケラトプスに羽が生えたような生き物が飛んでいた。しかも二頭。ケルピーは樹里の頭上で旋回している。樹里の周囲に集まってきた民が、わあっと騒ぐ。

「僥倖《ぎょうこう》だ！　持ち帰れ！」

背後のアーサーが大声で言う。民がいっせいに喜びの声を上げ、降ってきた星の欠片《かけら》を拾い始めた。ケルピーは樹里の頭上で金平糖《こんぺいとう》みたいなものを吐き出している。樹里の頭にぱらぱらと小さな粒が当たった。ケルピーの口から出る金平糖みたいなものは、甘くて美味しいおやつとして人々に好かれている。

「二頭もケルピーが現れるなんて、信じられない！」

「神も祝福しているのだ！　神の子万歳！」

人々の口から興奮した声が飛び交い、樹里は引《ひ》き攣《つ》った笑みを浮かべるしかなかった。星の欠片は樹里の頭の上で吐き出されたので、アーサーが樹里のマントのフードを広げると、そこにいくつも落ちてきた。

「アーサー。胃が痛くなってきたから早く行こう」

人々が喜べば喜ぶほど樹里は心苦しくなる。神の子を偽っていた時もつらかったが、罪を犯したのに優しく迎えられるのも胸が痛い。

「神の子万歳！」

「アーサー王万歳！」

民の声から逃げるようにして樹里は王宮に戻った。

馬から降りると、城内の騎士や城で働く者たちが涙を浮かべて寄ってくる。挨拶もそこそこに、樹里はアーサーの私室に向かった。マーリンとランスロット、クロも一緒だ。アーサーの部屋は寝室と応接室に分かれている。本来ならユーサー王の使っていた王の部屋を使うべきなのだが、未《いま》だに以前と同じ部屋で過ごしているようだ。

ようやく仲間だけになると、強張った肩から力が抜けた。

樹里は神妙な顔でアーサーの前に正座すると、額を床に擦りつけた。

「誠に申し訳ありませんでしたぁっ!!」

ともかく謝らなければと樹里は土下座して詫《わ》びた。アーサーは椅子に腰を下ろし、優雅に足を組む。ランスロットは「樹里様」と土下座する樹里を起こそうとしたが、マーリンに「放っておけ」と言われ黙り込んだ。クロは何故か樹里の隣で同じように伏せをしている。

「さっきも言ったけど、エクスカリバーは妖精王が預かってくれていますので……、モルガンには渡してないです。マジすんません……」

樹里がうなだれて言うと、ランスロットが「妖精王が……」と吐息をこぼした。

「樹里。何故エクスカリバーを盗んだ？　事と次第によっては容赦しないから、そのつもりで言え」

アーサーは感情のない口調で樹里に促す。

樹里はちらりとマーリンを見た。マーリンは軽く顎《あご》をしゃくる。すべて話せということだろう。

「あの……信じられないかもしれないけど、俺は、モルガンの魂《たま》分《わ》けの術で生まれた存在なんです。俺と俺の母さんは」

樹里が言いづらそうに明かすと、アーサーとランスロットが戸惑ったのが分かった。樹里は情けない顔で続けた。

「ガルダにモルガンと話せる鏡を見せられて、真実を知ったっていうか……。正真正銘、それまで知らなかったんだ。ショックだったし、信じたくなかった」

樹里がかすれた声で言うと、アーサーが身を乗り出してきた。

「魂分けの術……？　それはどういうものだ？」

アーサーとランスロットは事情が呑み込めないらしく、顔を見合わせている。マーリンが咳払いして説明を始めた。

「モルガンはいずれ不測の事態が起きることを予期して、生き延びるために自分の魂を分けて分身を作っておいたのです。つまり万が一誰かに殺された場合、その衝撃を、作っておいたもう一つの魂を持つ人間に移行することができる。いわば命のストックです。よほどの魔術師でなければできない魔術です。私には無理でしょう。モルガンは自分とジュリの分身をそれぞれ作った。それがここにいる樹里と、別の世界にいる樹里の母親なのです」

マーリンが言い終わると、アーサーは信じられないというように身を引いた。

「何だ、その術は……」

アーサーの顔にありありと不快が浮かんでいる。

「では、あの時の鏡にはモルガンが……」

ランスロットは思い出したように呟き、悔しそうな顔になった。ランスロットは異変を感じながらも、止められなかった自分を悔いているようだ。

「モルガンは俺にエクスカリバーを持ってこいって言った。エクスカリバーだけがモルガンやジュリを倒すことができるって。実は俺、エクスカリバーの剣を抜こうとして柄《つか》を握った後、手のひらにできた傷の血が止まらなかったんだ。エクスカリバーは俺の命も奪う剣だ」

樹里はアーサーの顔を見るのが怖くて、床を見つめて話した。

「アーサーがジュリを斬り殺していたら、先に死ぬのは俺だったってモルガンは言った」

樹里がそう言ったとたん、アーサーが乱暴にテーブルを叩いた。その音にびくっとして、樹里はアーサーを見上げた。

「何だ、その話は！　俺は危うくお前を殺すところだったということか⁉」

アーサーの怒りに満ちた眼差しに、樹里は首をすくめた。アーサーの気迫に、心臓が早鐘を打つ。

「アーサー王、落ち着いて下さい。現実問題、この通り樹里は無事です」

激昂《げっこう》するアーサーを、マーリンが落ち着かせる。アーサーは金色の髪をぐしゃぐしゃとかき回して、鋭い視線を部屋の隅に注いだ。

「……それではジュリを殺せないではないか」

アーサーが忌々しげに吐いた言葉に、樹里は胸が熱くなった。アーサーがジュリを倒すことより、自分の命を守ることを躊躇《ちゅうちょ》なく選んでくれたのが嬉しかった。

「アーサー、ごめん。俺、母さんを巻き添えにしたくなかったんだ。だからエクスカリバーを……、本当にごめん、ごめんなさい」

やっぱりアーサーにすべて話すべきだった。

こうして事情を明かすと、強くそう感じた。勝手に思い悩んでひとりで結論づけて、自分はとんでもない大馬鹿だ。アーサーはちゃんと自分のことを大切に思ってくれている。もうアーサーに隠し事をするのはやめようと誓った。

「湖の中でお前は突然消えた。何をしたんだ？　あれも魔術なのか？　だがマーリンのように魔方陣も描かなければ、何か唱えた様子もなかった」

アーサーに続けて質問された。

「湖の中に俺がいた世界に繋がる道があるみたいなんだよ。それで、その……自分ちに帰ってました。そしたらマーリンが来て……」

樹里がすべて話してマーリンの顔を窺《うかが》うと、鷹揚《おうよう》に頷かれる。

「先ほど話したように、樹里にはジュリと同じだけの力があるはずなのです。本人はまったく使えていないようですが」

マーリンは腕組みをして言う。

「事情は分かった。ジュリを殺せないのは痛いが、何か手はあるだろう。死なないまでも仮死状態にするとか、もう一本の腕も斬るとか、あるいは両足をなくして動けないように折るとか……」

アーサーは物騒な話をする。

「アーサー王、お言葉ですが、モルガンはたとえ自分の子どもといえど、使い道がなくなった者に対しては残酷です。今よりジュリの身体を傷つけたら、モルガンは迷いなくジュリを殺すでしょう。そうすればここにいる樹里が死に、あちらのジュリは新しく生き返ることが可能なのですから」

マーリンに諭され、アーサーは苦虫を嚙み潰したような顔だ。

「アーサー王は樹里を殺すことは望まないでしょうから、別の手立てを考えねばなりません。しかしそれについては今すぐでなくとも大丈夫でしょう。今日のところは以前のように神殿に戻すのがよろしいかと思います。モルガンは神殿には入れませんし、民も神の子が神殿に戻るのを望んでいます。私も魔力を使いすぎましたので、休みたいですし」

話が一区切りして、マーリンがお開きとした。アーサーは自分の傍に樹里を置いておきたかったようだが、勝手にどこにも行かないと約束して許してもらった。

「アーサー、ごめん。そんで、ありがとう」

樹里は心を込めて礼を言い、アーサーを抱きしめた。互いの匂いを嗅《か》ぐと抱き合った時の熱を思い出す。

魂分けの術で生まれた自分は、異形のものとして扱われても仕方がないと思っていた。けれどアーサーやランスロットの口からは樹里を気味悪がる言葉は一つも出てこなかった。それが嬉しくて、有り難かった。偏見を持たない二人は自分よりずっと大人だ。

樹里が神殿に帰ろうとすると、当然のようにランスロットがついてきた。

「ランスロット殿、少々お待ちを」

廊下に出たランスロットをマーリンが引き止める。マーリンは麻袋から、フェレットみたいな生き物を取り出した。そんなものが入っていたのかと驚くと、マーリンは樹里に目配せする。それで、ピンときた。この生き物はマーリンが魔術で作ったものだ。

「これは私と連絡がとれるものです。何か異変が起きたら、このプーランに話しかけて下さい」

マーリンはそう言って、ランスロットにプーランをぽんと放り投げる。その生き物はプーランというらしい。プーランは生きているようにランスロットの肩に飛び乗り、首に巻きついた。事情を知っている樹里は、プーランがランスロットの首を絞めるのではないかとはらはらした。

「分かりました」

ランスロットは気にした様子もなく頷いている。

マーリンはプーランを通して、ランスロットの周囲に異常がないか調べるようだ。その働きを期待して、樹里はプーランを撫でようとした。

「あぎゃっ」

プーランは樹里の指に嚙みついて、触るのを拒否する。けっこう痛くてびびった。

「プーランは人に懐《なつ》かない生き物ですよ。触らないほうがよいかと……」

ランスロットが心配そうに言う。もっと早く教えてほしかった。

「樹里様！」

神殿に戻ると、サンが涙を流して出迎えてくれた。ガルダもいなくなってしまったし、心細かったのだろう。未来のサンを思い出して、樹里もほろりときた。サンは未来でも樹里を守ろうとしてくれている。大切にしよう。

神殿では神官や神兵、大神官もやってきて樹里の帰還を祝ってくれた。樹里がフードに入っていた星の欠片をふるまうと、皆喜んでくれる。

久しぶりの自分の部屋は懐かしく感じた。元々いた世界も好きだが、この世界にも愛着が湧いてきた。

「樹里様」

部屋に入ってくつろぐ樹里に、ランスロットが微笑みを浮かべた。

「戻ってきてくれて、本当に嬉しいです。あなたのいない世界は暗く寂しいものでした。どうぞ、これからもずっとあなたのことを守らせて下さい。それ以外は望みませんので」

ランスロットに熱っぽい声で囁《ささや》かれ、樹里は言葉を詰まらせた。こんなに気高いランスロットがこれから苦しむことになるなんてやるせない。モルガンに対する憎しみが湧くし、絶対にランスロットが魔の手に堕ちないようにしなければと思った。

「ランスロット、最近何か変わったことはないか？」

久しぶりにサンの淹《い》れてくれた美味しいお茶を飲みながら、樹里は探るように聞いた。ランスロットは戸惑った顔をしている。

「特には……。何か問題でも？」

ランスロットは不思議そうに聞き返す。

「まだこっちで暮らしている？」

ランスロットは以前は騎士団の宿舎にいたが、馬上槍大会《ばじょうやりたいかい》で樹里を守る役目を得てからは神殿で暮らしていた。

「いえ、樹里様がいらっしゃらない間は宿舎のほうにおりました」

ということは、宿舎にも探りを入れなければならない。ランスロットに近づく怪しい者がいないか、調べなければ。ランスロットがどうやってモルガンの術にかかったのか知りたかった。樹里に分かるのは、ともかくアーサーとランスロットを二人きりにしてはいけない、ということだけだ。

「地下神殿で見つけたネックレス、持ってる？」

樹里の問いに、ランスロットが衣服の下に身につけていたネックレスをとり出した。

「もちろん持っております。これをつけているととても心が安らかになるので、いかなる時も外しておりません」

ランスロットの首にかかるネックレスを確認し、樹里はホッとした。

「じゃあお願い。それ、絶対に誰にも渡さないでくれよな？　たとえ、俺にだって、だぞ？」

ジュリが自分を装ってランスロットからネックレスを奪う可能性もある。そう考えて樹里は固く言い聞かせた。

「分かりました。樹里様がそうおっしゃるのであれば、誰にも渡さないよう心がけます」

ランスロットは衣服の中にネックレスをしまってそう請け合った。これで少しは安心だ。

他にどんな手を打てばいいだろうか。不安な心を抱え、樹里は気を引き締めた。

神殿での日々が始まり、樹里は以前の神の子としての生活に戻った。早朝から水浴びしなくてはならない清めの儀式はつらいけれど、すぐに順応するだろう。ガルダがいなくなったのはこころもとないが、神兵や神官も見知った者ばかりだし、何よりサンとクロがいつも一緒にいてくれるので心強い。

「リリィ。ここの水ってどこからきてるんだ?」

清めの儀式を終えた後、樹里はリリィに聞いた。リリィは樹里に白い長襦袢《ながじゅばん》みたいな服を着せながら、首をかしげた。

「さぁ、詳しくは存じておりません。どこか地下のほうから流れてきていると聞いております」

リリィは水の出所を知らなかった。未来に行った時、神殿に避難した者たちはこの水を使って生きながらえていた。そういえば地下神殿の奥に水が湧き出る場所があったっけ。あそこからここまで水を引いているのだろうか。

「神殿には食糧を備蓄するところってあるのかな? 何か起きた時とかに備えてさ」

ランスロットの裏切りさえ阻止できればキャメロット王国が衰退することはないと思うが、それでも備えは必要だ。樹里は神殿のことをあまり知らない。いい機会だから調べておこうと考えた。

「倉庫には小麦粉が備蓄されております。でも我々には女神の加護があるから大丈夫でございますよ」

リリィは憂える様子もなく答えている。神にすがるのもけっこうだが、無神論者の樹里としてはきちんとしておきたい。大神官と話ができないだろうかと、清めの儀式後、日課である祈禱《きとう》を終えた後、訪ねてみた。

「急にどうした？　食糧なら十分確保してあるぞ」

大神官は面倒そうに顎をしゃくった。大神官は亡きユーサー王を憎んでいて、キャメロット王国に革命を起こそうとした。けれどユーサー王が死に、憎しみの対象が消えて抜け殻のようになった。アーサー王は民の信頼と支持を得ていて、つけ入る隙もないようだ。そのせいか覇気がなく、体重も以前より増えたようだ。食べる以外にすることがないらしい。

「それよりまた魔女が現れた時のために、防御を強化したい。神殿の周囲に高い壁を造るから、民にお布施をするよう促せ」

大神官はモルガンの脅威を目の当《ま》《あ》たりにして、すっかり弱気になっていた。最近では訪れる信者に金の無心をしているそうだ。神殿は守られていると言おうかと思ったが、大神官のせこさにげんなりして放置することにした。

ランスロットが加わり、三人と一匹で神殿の広場を歩いていると、向こうから神官の一人であるホロウがやってきた。ホロウは四十代の長い髭《ひげ》を生やした男で、リリィの息子だ。ガルダが神官長の任を解かれた後、ホロウが後任になった。

「樹里様、おかげんはいかがですか」

ホロウは樹里に気づいてにこにこと話しかける。ホロウの後ろには白いマントを羽織り、フードを深く被った痩せた男が控えていた。従者だろうか？　顔が見えないのが気になって目をやると、クロがすたすたと歩いて、マントの男に鼻先をぐいぐい押しつける。

「こら、クロ」

クロが知らない相手に親しげな態度をとるのは珍しくて、樹里はますます気になった。マントの男は嫌そうにクロから離れる。

「ああ、樹里様は初めてですよね。私の従者のクミルです。薬草の知識が素晴らしいので、従者として雇い入れることにしました」

ホロウが男を紹介する。男は跪いて、無言で頭《こうべ》を垂れる。跪いたクミルにクロが飛びかかり、フードを剝いだ。

「あっ」

樹里はびっくりして声を上げた。フードの下から、ひどく焼けただれた顔が出てきたのだ。頭髪もなく、目を背けたくなるような火傷《やけど》の痕が顔全体を覆っている。

「申し訳ありません。クミルは火事で火傷を負い、咽《のど》を傷《いた》めて声も出せないのです」

ホロウはクミルをかばうようにして言った。フードで顔を隠して怪しい奴だと思ったが、単に見られたくなかっただけか。悪いことをしたと、樹里はクロを叱った。

「クミル、ごめんな。悪気はないんだ」

樹里に叱られてクロは不満そうだ。クミルは怯《おび》えたように頭を下げてホロウのあとをついていく。

「ホロウ様は神官長としてはまだまだですね。優しい方なのですが、ちょっととろくて」

ホロウが消えると、サンがしたり顔で批判する。十一歳の子どもにまだまだと言われるとは、ホロウに同情する。

神殿での仕事をすませると、樹里はマントとブーツで寒さ対策をして、ランスロットとサン、クロを伴って王宮に向かった。

王宮では待ちわびていたアーサーが出迎えてくれた。街に出ようと言って、アーサーは樹里を馬に乗せて市場に連れていってくれた。クロとサンはお留守番だ。

キャメロット王国には冬が到来し、空は白く、落ち葉が目立つ。けれど樹里のいない間に、街は活気をとり戻していた。モルガンに壊された家や店はとり払われ、新しい家や店が並んでいる。暗かった人々の表情も明るくなり、収穫された冬野菜や冬の花を渡された。

「ランスロット、今日は騎士団を見てやってくれないか？　樹里は俺が神殿まで送る」

アーサーはランスロットに軽い口調で頼んでいる。護衛としてついていたランスロットは「分かりました」と頷き、騎士団の訓練のため黒馬を走らせた。ランスロットが消えると、アーサーの雰囲気ががらりと変わった。

「樹里、少し走るぞ」

そう言うなり、馬の腹を蹴り、市場を出た。アーサーの白馬は街中を外れ、街道を南に走った。樹里は馬にしがみついて、揺れに耐えた。どこへ行くのかと思っていると、アーサーは昨日の湖までやってきた。

「マーリン、いるか？」

アーサーは湖岸を馬で進みながら声をかける。すると茂みの奥からマーリンの乗った葦毛《あしげ》の馬が現れた。

「お前の言う通り、ランスロットを置いてきたぞ」

アーサーは馬から飛び降りて言う。樹里はアーサーの手を借りて地面に降りると、気重にマーリンを見た。きっとランスロットの話をするのだろう。

馬を近くの木に繋ぐと、マーリンは杖を使って周囲に金の筋を作った。空気がぴしりと締まった気がして、きょろきょろする。

「結界を張りました。他人に聞かれては困る話なので。アーサー王、実はこの世界に戻る途中、我々は少し未来のキャメロット王国に行きました。正確には迷い込んだのですが……」

マーリンは無表情で話している。アーサーは斜面になっている草むらに腰を下ろし、片方の眉を上げた。

「未来へ？」

樹里はアーサーがショックを受けないか心配で、寄り添うように隣に座った。マーリンはアーサーより下手《しもて》に腰を下ろす。

「はい。未来において、アーサー王はランスロット卿の裏切りに遭い、殺されておりました」

マーリンがずばりと言い切ったので、樹里のほうが慌てた。もっとオブラートに包んで説明をしてくれると思っていたのに。

「俺が……？　ランスロットが裏切る？　そんな馬鹿な」

アーサーは一瞬険しい表情になったが、樹里が思うほど動揺はしていない。あくまで冷静に、マーリンの話を聞いている。

「ランスロット卿はモルガンの仕掛けた罠に堕ちたのです。いつ、どのようにしてかは分かりませんが」

マーリンがモルガンの名前を出すと、アーサーの態度が硬くなった。モルガンの魔術によって操られたら、それもあり得ると悟ったのだろう。

「私はランスロット卿を亡き者にするのが手っ取り早いと思ったのですが」

「それは早計だ」

マーリンの発言をアーサーが遮った。アーサーがマーリンの意見に賛同しなかったので、樹里は心から安堵した。

「……ええ、樹里からもそう言われました。モルガンを倒すにはアーサー王、ランスロット卿、そして私の三人の力が必要だと。ランスロット卿を排除するのは最悪の事態になるまで待とうと思います。それで、事情を知る我々三人で、ランスロット卿がモルガンの魔術にかからないようできる限りの手を打ちます。そもそもランスロット卿は地下神殿でネックレスを得ました。あれさえあれば、魔術にかかるわけがないのです。ランスロット卿の周囲を調べてみましたが、特に変わったことはない様子。王宮内の人間にも怪しい者は今のところ見当たりません」

マーリンは淡々と続ける。アーサーは黙ってマーリンの話を聞いている。もっと驚いたり、嘆いたりするのかと思ったが、声を荒らげることさえない。こういうところは王様だけあると見直した。

「ランスロットはちゃんとネックレスをしてたよ。誰にも渡すなって、俺にも渡すなって念を押しておいた。ジュリが来て俺のふりをするかもしれないしさ」

樹里が横から口を挟むと、アーサーが小さく笑う。

「ランスロットがジュリとお前を見間違えることなどあるわけないだろう」

アーサーはそう言うが、双子以上の存在なのだ。ふつうは見分けられないと思うが。

「そうか、それでランスロットにあんな巻きものをつけたのか。いざという時は、あれで首を絞めるつもりか？」

アーサーは思い出したように言って、ごろりと草むらに横になった。プーランのことらしい。

プーランに本当にそんな技があるなんて！

「打てる手はいくつも打つのが得策です」

マーリンは涼しげな顔だ。

「ランスロットが俺を殺す、か……。原因はお前だろうな、樹里。まったく罪なヤツだ」

アーサーにため息混じりに責められて、樹里はどういう顔をしていいか分からず、膝を抱えた。

「ランスロット卿は樹里を好いております。魔術で嫉妬心を増幅することなど容易《たやす》いはず。そうならないため、ランスロット卿に妻となる女性を宛てがうのはいかがでしょう。若く美しい女性を娶《めと》れば、こやつから心も離れるかと」

マーリンの提案にアーサーは乗り気になるかと思ったのに、浮かない様子だ。

「そう上手くいくとは思えん。だが、何もしないよりはマシかもしれない。そうだな、グィネヴィアはどうだ？　あいつは存外、ランスロットに惚れていると思うが」

「グィネヴィアはアーサーが好きだと思うけど？」

以前グィネヴィアに文句を言われたことを思い出して樹里は首をかしげた。

「妃になりたいってやつだろ？　別に俺を好きなわけじゃない。あいつはランスロットが好きだよ。前にランスロットが罪人扱いされた時、取り乱していた」

アーサーは苦笑して言う。知らなかった、グィネヴィアはランスロットが好きなのか。

「一応俺から話してみよう。他に話は？」

アーサーに聞かれ、マーリンはふっと暗い顔つきになった。

「地方の村で赤子が消えているという話……偵察に送った鳥が戻ってきません。私がこちらに戻ってくるのが遅くなったせいかもしれませんが」

初めて聞く話に樹里は寒気を覚えた。赤子が消えている？

「お前が消えた後に、あちこちの村から赤子がいなくなったという訴状が届いた。マーリンに鳥を使って調べてもらうつもりだったのだが、上手くいかなかったか。仕方ない、騎士団の者を数名、偵察に行かせよう」

そんなことが起きていたとは。マーリンがやけに陰鬱《いんうつ》な様子なのが気になる。マーリンは赤子が消える理由を知っているのだろうか。

「話はそれだけか？　ご苦労だった、マーリン」

アーサーがそう言うと、マーリンは一礼して馬に乗ってさっさと去っていく。

二人きりになり、樹里は寝転がって考え込んでいるアーサーを覗き込んだ。アーサーは冬の真っ白な空を見ている。青い宝石のような瞳に映るのは、自分が治める国の空だ。

「アーサー。ランスロットのこと、ショックじゃないのか?」

アーサーが何を考えているのか分からなくて、樹里は不安になった。裏切った者は殺すというアーサーのスタンスは、一見暴君にしか思えないが、そうではない。アーサーには信念があり、通すべき筋がある。それにそぐわないものを切り捨てるというだけなのだ。

「俺はランスロットをよく知っている」

アーサーは目を細めた。

「ラフラン領には小さい頃から何度も遊びに行ったからな。まだランスロットの父親が生きていた頃の話だ。ランスロットは生真面目な男で、俺と違って訓練をさぼることもなく、ひたすら技を磨き続けていた。将来、俺が国を治める時は、お前が右腕になれと話したものだ」

アーサーの語る思い出話は、樹里には羨《うらや》ましいものだった。王子として生まれたアーサーは、幼い頃から信用できる者と信用できない者を見分ける目を養っていったのだろう。

「ランスロットに危うい面があるのは知っていた」

樹里は目を瞠《みは》った。

「あいつは真面目すぎるから、すべてのことに手を抜けない。いい方向に向かえば、これ以上ない素晴らしい臣下になるが、互いの方向性が違った場合、あいつを止められるか自信がない。モルガンは俺たちのどこを攻めれば崩れるか的確に見抜いている」

　アーサーは上半身を起こして、身体についた草の切れ端を払った。

「モルガンと初めて会った時、俺は恐ろしさを感じた」

　樹里は心臓を掴まれたような気がして、アーサーを凝視した。どんなものにも臆さないアーサーが、恐怖を感じたなんて。だが、樹里も同様に感じていた。母とそっくりなのに、邪悪な力に満ちたモルガンに震えが止まらなかった。

「俺はあの魔女を倒さなければならない。それはこの国の王として果たすべき使命だ。お前が望まない結果になるかもしれない」

　アーサーにはっきり言われて、樹里は言葉に詰まった。アーサーは樹里の母親も、樹里をも、殺すかもしれないと言っているのだ。嫌だと言いたかったが、言えなかった。アーサーの立場と自分の立場は異なり、アーサーにはアーサーの使命がある。

「アーサー、俺は……」

　樹里は自分をじっと見つめてくるアーサーを見返せずに、目を伏せた。

「お前は俺の民ではない」

　樹里はハッとして顔を上げた。樹里は異世界の人間だとアーサーは言っているのだ。突き放されたように思ったが、顔を見たら違うと分かった。アーサーは何もかも包み込んだような表情で笑ったのだ。

「だからお前は全力で俺を止めればいい。俺は俺の民を守るために、モルガンを倒す。お前はお前の母親を守るために、俺を止めろ」

　アーサーの男らしい顔に見惚れ、樹里は頬を紅潮させた。アーサーはアーサーらしく、真っ向から樹里に挑んできた。逃げ回ってばかりの自分とは大違いだ。

　胸が熱くなって、アーサーから目が離せなくなった。アーサーが好きだと強く思った。男なのに、異世界の者なのに、今は誰よりも傍にいたかった。

　樹里は照れくさくなって、アーサーの髪に絡んだ葉をとった。ふっと顔が近づき、自然とアーサーの唇にキスをした。アーサーが笑って樹里を抱き寄せる。

　互いの唇が重なると、無意識のうちにアーサーの腰に手を回していた。アーサーの吐息や熱、さらさらとした金色の髪、青空のような美しい瞳に吸い込まれた。

（本当に子どもができてたら、すべて解決するんだろうか）

　そんなことあるはずがないと思いつつも、アーサーとの別離を思い描きたくなくて、そんなふうに考えた。

　今は考えても仕方ないので、何度もアーサーと口づけ、樹里はひと時の熱に酔いしれた。

6 ランスロットの光と闇

Light and darkness of Lancelot

王都には平穏な時が流れていた。本格的な冬が到来し、雪がちらつく日もあった。神殿は石造りなので、冷え込んだ朝は凍えるような寒さだ。ヒーターやストーブが恋しくなったが、暖炉《だんろ》の暖かさや、クロと抱き合って眠る満足感はここでしか得られないものだ。

この世界に戻ってきて三カ月が過ぎたが、腹が膨らむ気配はない。妊娠は間違いだったのだろう。妊婦についてよくは知らないが、妊娠していたならこれだけ時間が経ってお腹《なか》が大きくなってないわけはないと思うのだ。相変わらず食欲がすごいのは気になるものの、成長期なのだと思うことにした。

王都では赤子が消える事件が噂になっていた。アーサーを悩ませている事案だ。

事件の起きた村に偵察に向かわせた騎士数名が、未《いま》だに戻ってこないのだ。何かが起きているのは明白だが、何が起きたのか、あるいは起きているのかが分からない。マーリンはあちこちに鳥を飛ばしている。

「どうやら多くの村から赤子がさらわれているようです。特にコンラッド川近くの村において、頻発しております」

偵察を命じた騎士が消息を絶ったのも、コンラッド川を越えた後だ。

「ケルト族が関わっているのだろうか？」

玉座のアーサーは悩ましげに呟く。最後に騎士からもたらされた情報では、赤子が消えた村では、事件の数日前にケルト族を見かけたというものがあった。

「ケルト族はよそ者を嫌い、部族内で婚姻する風習があります。そのケルト族が別の村から赤子を連れ去るとなると、よほどの事情があるのでしょう」

ランスロットの精悍《せいかん》な顔が憂いを帯びている。

「マーリン、何か心当たりはないのか？」

アーサーに問われ、マーリンは重苦しい息を吐いた。

「魔女モルガンは、赤子を使って魔力を得ることがあります」

傍で聞いていた樹里《じゅり》は、たじろいでマーリンの怜悧《れいり》な面を見つめた。赤子を使ってどうやって魔力を得るのか聞きたくない。

「おそらくモルガンが関与しているのでしょうが、ケルト族とどう関わっているかは分かりません。ここは一つ、正式な使者を送ってみてはいかがでしょう」

マーリンの提案で、ケルト族に使者を送ることになった。使者として騎士団第二部隊隊長のバーナードが部下数名と行くことになった。バーナードはジュリにやられた傷がすっかり癒え、今はアーサー王のために何かしたいと奮起している。使者に関しても真っ先に名乗りをあげたという。かねてからケルト族と和睦を結びたかったアーサーは、表向きは和睦交渉としてバーナードいた。


を行かせた。

「くれぐれも無謀な行動はするな」

得体の知れない闇を感じているのか、アーサーは出立するバーナードたちに何度もそう言っていた。


樹里は神殿で神の子としての役目以外に、畑を手伝っていた。空いている中庭に作物を植え、不慣れながらも土にまみれた。ガルダに仕えていたサンはハーブに詳しかったので、樹里にいろいろ教えてくれた。

ある日、自分の部屋の窓から下を覗くと、ランスロットがクミルと話しているのが見えた。ランスロットは見た目で人を判断する人間ではないので、クミルともふつうに接している。クミルはサンも知らない薬草をどこからか集めてくるという。しゃべれないし字も書けないらしいので、群生する場所を説明できないのだろう。二人を見ていると、ランスロットがクミルから何かもらったのが分かった。

樹里の部屋を訪れたランスロットは、クミルからハーブをもらったと言って、差し出してきた。見たことのない青いつくしみたいな植物で、お茶にすると香りがいいそうだ。サンに頼んでお茶を淹れてもらうと、本当にリラックスできるいい香りがする。

「そういえば、バーナード卿が数日内には戻ってくるようですよ」

ランスロットは微笑みを浮かべて教えてくれる。

「よかった。また戻ってこないとかじゃなくて」

ケルト族は危険な部族なので、公式の使者とはいえ、生きて帰れない場合もあると聞いたことがある。無事に戻ってくるなら一安心だ。

「何か分かったのでしょうか」

サンも大人びた顔で話に加わる。赤子が消えた事件は今やすっかり有名になっていて、王都の酒場や市場ではいろんな説が飛び交っていた。噂好きの民たちは、魔女のしわざだと恐れているらしい。

この時、樹里はまだ他人事《ひとごと》として聞いていた。

翌日、樹里が王宮の会議に呼び出されたのは、神殿の務めを終えたあとだった。

本来なら神の子は会議に参加しない。キャメロット王国では政教分離を是《ぜ》としているからだ。何かおかしいと感じつつも、樹里は正装して城の二階にある会議の間に赴いた。会議の間には大きな円卓が置かれていて、アーサーを始め、宰相《さいしょう》や書記、マーリン、騎士団の隊長、有力な貴族が円を描くように座っている。会議の間に入ると、居並んだ者たちがいっせいに樹里を注視した。特にアーサーとランスロットが苦々しい顔つきをしている。

「神の子、ご苦労。こちらに来てくれ」

公式の場なので、アーサーは少し硬い口調で樹里を手招いた。何だろうと不安になりつつ近づくと、バーナードが一礼した。

アーサーが重い口を開いた。

「神の子、実は使者のバーナードは、ケルト族と話し合いの場を持てずに帰ってきた。彼らの要求はこうだ。神の子を使者として遣わすなら、話し合いに応じてもいい、と」

いきなり自分が話題になり、樹里は面食らった。つまり、樹里が行かなければ、応対しないということ……？

「神事を主とする神の子を使者として遣わすのは、正直言って反対だ。ケルト族の思惑が分からない。今回は話し合いを見合わせようと決めたが、一応知らせておく」

アーサーは苦渋の決断をする。本当は何があったか探りたいはずだ。けれど樹里が心配なので、やめようとしている。アーサーの苦悩を感じ、樹里は思い切って口を開いた。

「私でよければ、参りますが」

樹里の発言に、円卓の者たちがざわめきだす。アーサーは目をひん剝いている。何を言いだすんだと顔に書いてあって、少し焦った。

「ケルト族の方が私を所望しているなら、これを機に和睦が結べるかもしれません」

樹里がさらに言うと、ざわめきが大きくなった。アーサーは今にも怒鳴りだしそうな顔をしている。

「樹里様が行くとおっしゃるなら、ぜひ私を護衛に」

ざわめきの中、立ち上がったのは、ランスロットだった。アーサーとマーリンがハッとしたように顔を強張らせたが、ランスロットに追従するように他の騎士たちも立ち上がった。

「それはよい。ランスロット卿が一緒なら、どんな危険も恐れるに足りず、それがしも、ぜひ護衛の任に加えていただきたいと思います」

ユーウェインやマーハウスが賛同し、他の貴族たちも「それなら安心だ」と賛成する。

アーサーは苛立ったように眉根を寄せていた。アーサーは王として、王都を離れるわけにはいかない。

「アーサー王、ケルト族がこのような要望を出したのは初めてです。神の子を案ずる気持ちは分かりますが、この好機を逃すわけにはまいりません」

宰相のダンが場をまとめるように言った。他の者たちも皆頷いている。

「……少し、考えさせてくれ」

アーサーはその場では決定しなかった。まずいことを言ったかもしれないと樹里は後悔していた。自分一人が行けばいいと軽く考えていた。自分の世界に帰還して、ふつうの高校生気分に戻っていたせいかもしれない。神の子が気楽に旅ができないことを、今頃になって思い出した。


話し合いは何度も行われたが、結局アーサーは王として樹里をケルト族の村へ行かせる決断を下した。ケルト族からの申し出はこれまでなく、ダンの言う通り好機に他ならなかったからだ。

樹里を護衛するために、ランスロットを始めとする騎士数名がつきそい、神兵も同行する。もちろんクロとサンも一緒だ。神兵のベイリンは誰よりもはりきっていて、ケルト族がだまし討ちするようだったら容赦しないと息巻いている。

　自分で許可しておきながら、アーサーは前日まで樹里が出かけることについて愚痴をこぼしていた。

「正直、気が進まない。何故行くなどと言いだしたんだ」

　アーサーは会議の場で行くと言いだした樹里を怒っている。出立の前日、散々身体を貪った後、ベッドで文句を言った。

「だって、アーサーが前に和睦結びたいって言ってたからさぁ……。そんな心配するなよ。何かヤバそうだったら、すぐ帰ってくるから。クロもランスロットもついてるし」

　いろいろ迷惑をかけたから、少しは役に立ちたいと思ったのだが、裏目に出たようだ。

「ランスロットも心配だ」

　アーサーはたくましい腕で樹里を抱き寄せ、眉を顰《ひそ》める。アーサーは未来でランスロットが裏切ったことを気にしているのだろう。

「今回は大丈夫だろ？　アーサーは一緒じゃないんだしさ」

　ランスロットに注意するといっても、未来にばかり気をとられておかしなふうになるのはごめんだった。第一、アーサーとは別行動なのだから、その点だけは心配いらない。

「変な奴がランスロットに近づかないよう、注意するよ。ところでさぁ、ランスロットに奥さんをって話、どうなった？」

樹里が気になっていたことを聞くと、アーサーはますます眉根を寄せる。

「まったく進展していない。グィネヴィアはランスロットがどうしてもと望むなら結婚してもいいと言っているのだが、肝心のランスロットにその気はないと断られた」

上手くいったらいいと思っていたランスロットの見合い話は、難航しているようだ。

「グィネヴィアも、何で上から目線なんだよ。素直じゃないな。好きならアタックしないと。ランスロットみたいないい男を捕まえるなら、ガンガンいくべきだろ。ランスロットって優しいから、そういう女性にほだされそうじゃない？」

ランスロットに幸せになってほしくて言うと、アーサーにじろりと睨《にら》まれる。

「ずいぶんランスロットを気にするな。それにやけに褒めるじゃないか。まさかお前、あいつと何かあったんじゃないだろうな？　浮気してないだろうな？」

アーサーは樹里がランスロットの肩を持つのが気に食わないようで、ねちねちと責めてくる。

「俺、もう帰る」

相手をするのが面倒になり、樹里はアーサーの腕から逃れ、身支度を整え始めた。アーサーはもっといてほしいようだが、外には神兵とクロを待たせている。樹里が心配しているのはランスロットのことより、ケルト族のことだ。ケルト族がどうして樹里を呼んだのか分からない。難題を突きつけられたらどうしようと不安だ。こういう時にガルダがいれば、いろいろ相談に乗ってもらえたのだが、今はマーリンに聞くしかない。

アーサーの部屋を出た樹里は、マーリンの部屋を訪れたが、不在だった。

仕方なく神殿の自分の部屋に戻ると、サンがお茶を淹《い》れてくれた。ケルト族に関して書かれた書物を開き、内容をサンに教えてもらい頭に叩き込んだ。ケルト族は独自の文化を持っていて、文字も話す言葉もキャメロット王国とは違うようだ。

サンと勉強していると突然、マーリンが現れた。

「マーリン、どこ行ってたんだよ？　ちょっとケルト族について聞きたいんだけど」

マーリンは部屋に入るなり、テーブルに載っていた茶器を持ち上げて、鼻を寄せた。サンがびっくりしている。

「このお茶は？」

マーリンは不快げに茶器を置く。

「クミルにもらったハーブティーですが……？」

サンが答えると、マーリンはじろりと茶器を睨む。

「ホロウの従者だな？　そいつにもらったお茶は全部捨てろ。あの男、どうも気になる。ランスロットといるところをよく見るし、私を明らかに避けている。どこから来たか分からない奴だし、注意したほうがいい」

マーリンはクミルを疑っているようだ。お茶は美味しいし、毒が入っているわけでもない。神経質になりすぎているのではないかと思ったが、反論すると余計に怒らせるだけなので黙っておいた。

「樹里。ケルト族の村へは私も同行する」

勧めた椅子にも座らず、マーリンはそう言った。

「マーリンが？　アーサーに言われたのか？」

アーサー至上主義のマーリンが樹里について遠出するなんて、珍しい。樹里が意外そうに言うと、マーリンがちらりと樹里の腹を見る。

「アーサー王なら王宮にいる限り、問題はないだろう。今はお前のほうが心配だ」

サンがぽかんと口を開けた。サンは妊娠について知らないので、マーリンの変貌ぶりについていけないのだろう。何しろ以前は樹里を殺そうとしていた男だ。

「サン、ちょっと外してくれる？」

樹里は啞然としているサンを部屋から追い出した。マーリンと二人きりになり、改めて妊娠は間違いだと伝えた。

「やっぱ男が妊娠とかありえねーよ。何カ月も経ってるのに俺の腹、特にでかくなってないしさ」

マーリンはその件については樹里と話をする気はないらしく、ケルト族について書かれた書物を手にとり、ふんと鼻を鳴らす。

「赤子をさらっているのはケルト族だ」

マーリンは断言する。樹里はたじろいで、マーリンを見上げた。

「おおかたモルガンに命じられたのだろう。いや、脅《おど》されているのかもしれないな。モルガンは魔力を高めるために、ケルト族に命じて赤子を集めている、というのが私の推測だ。ケルト族の村はモルガンの棲むエウリケ山に近い。ケルト族は魔女に生贄《いけにえ》を運んでいるのだ」

そんな危険な場所に行くのか。不安が高まってきた。

「俺、行かないほうがいい？」

樹里が上目遣いで尋ねると、マーリンはため息をこぼした。

「いや、むしろ行くべきだろう。ケルト族が脅されているとして、その大本を絶たないと、この先も事件は解決しない。それにケルト族を敵に回すような真似はしたくない。ケルト族は攻め込まれた時は一族の者すべてが戦士となるが、そうでなければ他部族を襲うようなことはしない。彼らの問題を解決することができれば、和睦を結ぶきっかけになる」

マーリンは将来を見据えて、旅の同行を申し出てきたのだ。何だか自分の肩に重荷を背負わされた気がしたが、マーリンが一緒なのは心強い。

「クミルも同行するのか？」

マーリンが鋭い目で聞く。

「ホロウもいるから一緒に行くかもしれない」

以前ならガルダが同行していたケースだが、今は新たな神官長のホロウがその役割を担《にな》う。ホロウは善人だが、何かにつけ慎重すぎるのが面倒だった。

「分かった。それなら奴の正体を暴くような薬を、食事に混ぜよう。あの姿、変装かもしれない」

マーリンは不敵に笑って去っていった。何の薬を混ぜるか知らないが、狙われたクミルは気の毒だなと同情した。


寒さが一段落した日、樹里たちはケルト族との話し合いのために出立した。

樹里はクロとサン、ホロウと共に馬車での移動だ。神兵が三十名と、騎士が十名、その他十名という総勢五十名を超える旅になった。ランスロットは黒馬に乗って、馬車を先導している。十名の騎士が前方を、神兵が後方を守っている。

出発する前、大勢の人が見ている中、アーサーは樹里に熱い抱擁《ほうよう》とキスを交わした。さりげなく足を踏んづけてやったのだが、ちっとも効かなかったらしく、なかなかキスをやめてくれなかった。

「さぁ、いざゆかん！　蛮族は我らが蹴散らしてやりますぞ！」

ベイリンは朝からテンションが高く、ご自慢の槍《やり》を振り回している。和睦交渉の旅だと分かっているのだろうか。

「ケルト族は顔に刺青《いれずみ》を入れているというのは本当でしょうか？」

サンは街中で得た眉唾ものの情報をあれこれ確認してくる。アーサーが否定していたので、それはないと思う。

樹里たちの隊は順調に草原を越えた。

野営地では、神兵が温かいスープと焼き魚を振る舞ってくれた。和睦交渉の旅なので、神兵も騎士も比較的穏やかだ。ケルト族に対する警戒心はあるが、神の子と偉大なる魔術師がいるので心強いのかもしれない。

二日目の夜、樹里はサンやクロ、ランスロット、マーリンと焚火《たきび》を囲んでいた。今日の朝食にはマーリンお手製の、変装を見破る薬が仕込まれていたらしいが、クミルに変わった様子はなかった。クミルは本当に火傷《やけど》を負い、失語症をわずらっているということだ。マーリンはまだ疑いを捨てていないようだが、長旅になる今回は薬草や食べられる植物を見分けられるクミルの存在は重宝されていた。

「樹里。お前からもランスロット卿に妻を娶《めと》るよう言え」

他愛もない話をしていた際、マーリンから意地悪い言葉が出た。マーリンは相変わらずランスロットとは微妙な距離感を保っていて、隣に座っていても樹里を経由して話すことが多い。

「王族の女性を断るなんて、どれほど理想が高いんだか。私には理解しかねますな」

マーリンはランスロットを見ずに、嫌味を連発している。

「王族の女性って誰ですか？」

サンは初めて聞く話に興味津々だ。樹里がちらりとランスロットを見ると、当の本人は困ったようにマーリンとは反対方向を向いている。

「グィネヴィアだよ」

樹里がこっそりサンに伝えると、「えーっ！」とサンが大声を出す。急いでサンの口をふさいだ。グィネヴィアがランスロットに振られたなんて話が噂になったら、プライドの高いグィネヴィアは絶対怒りまくるし、ランスロットに近づかなくなるだろう。

「私にはもったいない方です」

ランスロットは苦笑している。考えたくないが、ランスロットはまだ自分を好きなのだろうか。ランスロットには幸せになってほしいのだが。

「体《てい》のいい断り文句ですね」

マーリンは酒が入っているのか、ランスロットに絡んでいる。

「マーリン殿も独り身なのですから、他人のことより、自分の幸せについて考えるべきかと」

黙って受け流すだけだと思っていたランスロットが、微笑みながらちくりとマーリンを刺す。

マーリンはムッとしてランスロットに向き直った。

「貴族の誉れ高き騎士と私では、立場が違います。あなたには妻を娶り、領土を支えていく子を生《な》す義務があるはずでしょう。王族との婚姻は、あなたの一族にとってもこれ以上ない、いい縁談のはずですが」

マーリンが珍しく直接ランスロットと言い合っている。はらはらして見ていると、ランスロットは不思議そうにマーリンを見返した。

「何故突然、私に身を固めさせようとなさるのです？」

ランスロットの切り返しにマーリンはたじろいだ。ランスロットはふいに相手の真意を捉《とら》える時があって、マーリンはそれが苦手なようだ。これ以上ランスロットと話すのが嫌になったのか、マーリンは無言で焚火から離れ、どこかに行ってしまった。気詰まりな空気が流れて、樹里たちは解散した。いつもマーリンにやり込められている樹里からすると、ランスロットはすごいなと感心してしまう。

マーリンとランスロットの性格は真逆だ。奸計《かんけい》に長《た》け、自分の心を決して他人に明かさないマーリンと、率直で裏表のない高潔な魂を持つランスロット。

樹里は寝る前に少しランスロットと話がしたくなり、クロと一緒に天幕を出た。樹里の立場では結婚の話などできないが、最近怪しい兆候がないか聞くことはできる。

ランスロットは馬の世話をしていた。馬の世話は本来従者の仕事だが、ランスロットの愛馬は気難しくてランスロット以外の者が世話をすると、前脚で蹴り上げてくるんだとか。

「ランスロット、ちょっといいかな」

松明《たいまつ》を片方の手に持ち、樹里は馬に食事を与えているランスロットに声をかけた。同時にガサッと音がして、ランスロットの馬の向こう側に人がいたのを知った。ぺこぺこ頭を下げて出てきたのはクミルだった。クミルはそそくさと離れていく。

「樹里様。まだ休まないのですか?」

ランスロットは樹里を見て、優しく微笑む。プーランがひょこっと顔を出し、ランスロットの首に長い身体を巻きつける。

「ん……。クミル、何してたの?」

逃げるように去っていったクミルが気になって、後ろを振り返る。クミルの姿はすでに見えなくなっていた。

「人のいる場所での食事が苦手なようで、馬の傍で食事をしていたのです。自分の食事する姿は醜いと恥じているようでした」

ランスロットに教えられ、樹里は胸を痛めた。

「気にしなくていいのに。明日、一緒に食べようって誘ってみようか?」

樹里の言葉にランスロットが首を横に振る。

「樹里様。時として同情は悪意よりつらいことがあります。クミルはそっとしておくのがよろしいかと。私が思うに、クミルの火傷は、古いものではありません」

「え?」

樹里は愛馬の背中を撫でるランスロットを覗き込んだ。

「クミルはまだ、自分自身があの火傷の痕を受け入れられない。だから、いつもフードを深く被っているのです。無理やり日の下にさらすような真似は、おやめになったほうがよろしいかと思います。こういうことは本人が自ら望まないと」

ランスロットは淡々と話す。ランスロットの口調はいつもと同じだが重みがあって、こういう兄貴がいたらいいなぁとますます思った。

ランスロットは馬の手入れを終えて、腰に下げていた水筒を手にとった。水を口にするランスロットを見ていたら、ふっと花の香りがした。

「それ、水じゃないの？」

匂いはランスロットの水筒からだ。ランスロットは細長い木でできた水筒のふたを閉め、にこりとした。

「クミルがお茶をくれたのです。さっぱりして美味しいですよ。樹里様も飲みますか？」

ランスロットはクミルのお茶を飲んでいるらしい。クミルからもらったという薬草を樹里は全部捨ててしまったが、ランスロットはその後も個人的にもらっているらしい。

「マーリンがクミルにもらったものは捨てろって言ってたよ。クミルを疑ってるみたい」

「クミルを？　疑うとはどういう意味でしょう？」

ランスロットに首をかしげられて、うっかりしゃべってしまったことに気がついた。ランスロットに近づく輩《やから》をチェックしてるなんて言えない。

「えと、クミルはマーリンのこと避けてるんだって。マーリンにすればなんか怪しい奴と思ってんじゃね？　あ、別に顔がどうとかじゃなくて」

どうにかごまかしたが、ランスロットは勘がいいので、何か気づいたかもしれない。もういっそ本人に明かしてしまいたい。

「えー……っと、明日もよろしくな！」

樹里は黒馬の腹を軽く叩いて、早々に退散した。ランスロットと腹を割って話したいと思っていたのだが、言えない話が多いことに気がついたのだ。天幕に戻り、もっとちゃんと考えをまとめてからにしなきゃ駄目だと反省した。

ランスロットは怪訝《けげん》そうな顔つきだった。何しに来たのだろうと思っているに違いない。隠し事が苦手な樹里は、ごまかすのが下手だ。クロに顔中舐《な》められながらため息をこぼし、明日のことは明日考えようと気持ちを切り替えた。

旅は順調だった。盗賊に襲われることもなく、道中、水や食糧を調達しつつ、隊を進めた。十日かかってコンラッド川の手前まで辿りついた。ここに陣を張るため隊を休ませていると、樹里たち一行の前に一頭の馬が近づいてきた。

葦毛《あしげ》の馬に乗っているのは、獣の皮を身にまとったケルト族の青年だった。浅黒い肌に青い目、長い黒髪を複雑に編み込んだ独特なスタイル、引き締まった身体に大ぶりの剣と弓を携えている。

「神の子、お初にお目にかかります。俺は一族の長《おさ》の二番目の息子でグリグロワと申します。神の子をケルトの村へ案内するよう言いつかりました」

グリグロワと名乗った青年は、樹里の前に片膝をついて言う。

「ご苦労様です。お会いできて嬉しく思います」

樹里はよそゆきの声でグリグロワに微笑んだ。グリグロワはふっと顔を上げ、樹里を見た。その顔が一瞬強張り、激しい嫌悪を浮かべた。樹里は戸惑って、グリグロワを見つめ返した。初めて会ったはずだが、何だか鋭い目つきだった。樹里の挨拶が気に食わなかったのだろうか？

気になったものの、グリグロワはすぐに無表情になり、樹里に対して礼を尽くす。

「今日のところは夜も遅いので、コンラッド川は明日渡るほうがよいでしょう。どうぞ、天幕へいらして下さい。酒を運ばせます」

ケルト族の使者をねぎらおうと、樹里は愛想よく笑って天幕に招いた。グリグロワはしばし悩んでいたが、頷いて天幕に入る。ランスロットとマーリン、サン、クロが入ると、広いはずの天幕も狭苦しくなる。

グリグロワのために酒や食事をふるまった。聞きたいことが山ほどあったので、樹里はグリグロワの隣に座った。

「ケルト族の人が嫌う風習とかありますか？」

樹里はあらかじめケルト族の怒りのポイントを知っておきたかった。するとサンに酒を注がれたグリグロワが、奇妙な目つきで樹里を見る。

「それよりもあなたはケルト語がしゃべれるのか？　先ほどから流暢なケルト語だ」

樹里は首をかしげて、マーリンたちを見る。

「俺、ケルト語しゃべってる？」

樹里はいつもどおり話しているつもりだが、グリグロワの耳には流暢なケルト語として聞こえるらしい。そういえばこの世界に来た時も、皆の言っている言葉が分かった。これも何かの力だろうか？

「お前の言葉は、彼にはケルト族として聞こえるのだろう」

マーリンが耳打ちする。

「彼は時々ケルト語を使って話しております。私には分からない言葉もたびたび出てきますが、樹里様は問題なく話していますね」

ランスロットにも指摘されて、そうだったのかと頷いた。

「よかったぁ。これならすんなり話し合えそう」

樹里は通訳の必要がないことを喜び、グリグロワに持ってきた果実を勧めた。グリグロワはケルトの風習なのか、腕や手首、足首にじゃらじゃらと銀の装飾品をつけている。ネックレスもいくつもつけているし、おしゃれな一族らしい。

グリグロワは無口な青年で、あまり自分について話さなかった。樹里は沈黙を作らないようにと懸命に話題を振った。クロがグリグロワとの間に割り込んできて、グリグロワの着ている毛皮に鼻を突っ込む。獣の匂いを嗅《か》いでいるのだ。

「こら、クロ。やめろって」

クロの顔を引き戻していると、グリグロワが「ルーよ、私を正しく導きたまえ」と呟くのが聞こえた。ルーって誰だろう？　気になったが神兵たちが新しい料理を運んできたので聞くことができなかった。

翌日は朝焼けの美しい日だった。黄金色の空は穏やかで、今日は晴れるとマーリンが教えてくれた。

コンラッド川は大きな川で、橋はなく、水位が高い日は移動が困難だという。幸い雨がしばらく降っていなかったせいで、今日は馬を引きながら浅瀬を渡ることができた。グリグロワは先頭に立って、馬の通りやすい道を教えてくれる。馬車はこの先移動が難しいということで、昨夜の野営地に置いてきた。神兵が二人、何かあった時のために残っている。

コンラッド川を渡りきったら、今度は起伏のある道を進む。道なき道に近くて、王都は道が整備されているんだなぁと知った。樹里はランスロットの馬に乗って、斜面を上った。今日はケルト族の村に入るため、正装している。白い衣装にはふんだんに金糸が使われていて、汚さないようにと気を遣った。騎士や神兵は足元に気をつけながらグリグロワの後をついていく。サンはクロの背に乗せられている。

半日かけて岩場を進み、ようやく開けた場所に出た。

ケルト族の村は、周囲を大きな石で囲われていた。この世界でこんなに大きな石をどうやって運んだのだろう、と不思議になるくらい、縦長の大きな石が無数に立っている。宗教的な意味合いがあるのかもしれない。グリグロワが村に入る前に、大地に両膝をつき手を空に向かって掲げた。

「太陽神ルーよ、御心《みこころ》のままに」

グリグロワはそう宣言して立ち上がると、樹里たちを中に招いた。ルーとは太陽神のことなのか。キャメロット王国では女神が至上のものとされているが、ケルト族は自然崇拝らしい。

村に入ると、髭《ひげ》を生やした長らしき中年男性と、たくましい肉体の男たちが広場の中央に集まっていた。どの顔も強張っていて、何だか変な雰囲気だ。村の中にはいくつか家らしきものがあるが、戦闘の後のようにあちこち崩れているのだ。それに男たちは皆怪我《けが》を負っていて、ぴりぴりしている。

「あなたが神の子か……」

長らしき男が樹里に近づいてきて、警戒心の強い目で凝視してくる。まただ。また樹里の顔を見て、ケルト族の男が動揺している。何故だろうと不審に思いながらも、樹里は男の前に進んだ。

「はい、こたびは……」

樹里が口を開きかけた刹那《せつな》、高らかな笑い声が響いた。ゾッとするその声に、樹里はすべてを一瞬で理解した。どうしてケルト族の者たちが樹里を見て怯《おび》えたような顔をするのか——。

「待ちかねたぞ、樹里」

奥から現れたのは、ジュリだったのだ。裾の長い黒いマントを羽織り、憎悪でらんらんと目を光らせている。自分と同じ顔、同じ魂を分け合った者——マントを払いのけて現れた姿には、左腕がなかった。アーサーが斬り落としたのは肘から先だったはずだが、今は肩口からなくなっている。

「謀《たばか》ったか！　ケルト族よ‼」

ランスロットが剣を抜いて怒鳴る。いっせいに樹里の周囲にいた騎士や神兵が剣を抜いて身構えた。ケルト族の男たちは、剣は抜かなかったが、一様に青ざめてその場を動かなかった。

「お前をアーサーから引き離すために、こいつらを利用したのさ。何をしている！　全員殺せ！　お前らの村を守るために！」

ジュリがヒステリックに怒鳴りつけた。ケルト族の男たちは苦痛に喘《あえ》ぐようにして、剣を抜いた。ジュリは恐怖でケルト族の村を支配している。きっと何か脅《おど》されているのだろう。樹里はマーリンを見た。

マーリンは入り口を振り返っていた。撤退したかったようだが、そこにはすでにケルト族の男たちがいた。

「ランスロット卿！　樹里を守れ!!」

マーリンは杖を振るいながら叫んだ。

悲鳴のような声を上げてケルト族の男たちが剣を振りかざしてくる。騎士や神兵が負けじと声を張り上げて、それに立ち向かった。樹里の傍にいたグリグロワは剣を片方の手に持ち、樹里を捕まえようとした。それをランスロットが剣で振り払う。

いきなり戦闘が始まった。

樹里はどうすることもできず、笑い続けるジュリを見た。ジュリは右手を宙に伸ばし、憎々しげに何か歌い始める。

「ぎゃあああ！」

神兵の一人が咽《のど》を押さえながら地面に引っくり返る。ジュリはまた人を死に追いやる歌を口にしている。

「マーリン！」

樹里は神兵を助けようと、駆け出した。マーリンは杖を振りかざし、味方の身体を守る歌を響かせる。樹里に襲いかかったケルト族の男を、クロが牙を剝いて倒す。樹里は悶《もだ》え苦しむ神兵に覆い被さり、「しっかりしろ！」と声をかけた。

「樹里様！」

視界の隅でサンが逃げ惑っている。戦闘が始まり、土埃《つちぼこり》が舞い、男たちの怒声と剣がぶつかり合う音で騒がしくなる。サンは人々の間で右往左往している。

「サン、逃げるんだ！　野営地に残した神兵にこのことを伝えてくれ！」

樹里は大声で言った。サンは泣きそうな顔で走りだす。

「うぐ、うう……」

神兵は見えない紐《ひも》で首を絞められているかのように、首をかきむしりながら呻《うめ》き声《ごえ》を漏らす。樹里は必死にこの状況を打開するものを探した。ランスロットが樹里に近づく男たちを妖精の剣で跳ね飛ばす。

——お前の涙に治癒能力が……。

ふいにマーリンの言葉を思い出した。マーリンは樹里の涙には怪我を治す力があると言った。ジュリの魔術に効くかどうか分からないが、やってみようと懸命に涙を流した。

滴がぽとりと神兵の身体に落ちた時だ。それまで苦しんでいた神兵の顔が和らぎ、咽に手を触れたまま身を起こす。

「樹里様、急に楽になりました……っ。ありがとうございます！」

神兵は感動したように樹里の手を握り、よろめきながらも立ち上がると、すぐさま樹里と仲間を助けるため、闘いの場に戻った。

「蛮族どもめ！　我が槍を受けるがいい！」

離れたところではベイリンが長い槍をぶんぶん振り回して、ケルト族の男たちを寄せつけない。どうにかしてここから逃げなくてはならない。ケルト族の者たちはジュリに脅されているのだ。必要のない戦闘を避けるために、隙をついて村から出なければ。

「樹里！」

頭を固いもので殴られたような衝撃に襲われた。ジュリが目を吊り上げて、凶悪な笑みを浮かべて樹里の名を叫んでいた。ジュリが叫ぶたびに脳が痺れ、激しい頭痛が起こる。自分とジュリは繋がっているのだとまざまざと思い知らされた。ジュリが強烈な感情をぶつけてくると、樹里の心は平静でいられなくなる。

「この腕の痛み、お前にも思い知らせてやる！」

ジュリは右腕を伸ばして樹里に対して悪意に満ちた歌をぶつけてきた。ランスロットが妖精の剣で樹里を守ろうとしたが、ケルト族の若者二人が斧《おの》を振りかざして邪魔をする。ジュリの赤く光る目を見て、樹里は苦痛を覚悟した。

（……え……っ⁉）

両腕で頭をかばっていた樹里は、訪れるはずの苦しみが訪れないことに驚いた。誰かが助けてくれたのだろうかと顔を上げたが、激しい戦闘の最中で、その様子はない。何しろ当のジュリが信じられないという顔で樹里を睨《にら》みながら歌い続けている。

どうしてだか分からないが、ジュリの魔術が効かないようだ。

「樹里、離れろ！」

「樹里様！」

マーリンとランスロットの声が重なり、樹里はクロを探した。またクロがジュリの魔術にやられたら大変だ。ランスロットは樹里を守りながら、襲いかかる者たちを剣で薙《な》ぎ払《はら》う。

「マーハウス、あそこだ！」

ランスロットは敵の弓矢隊が櫓《やぐら》に駆け上がるのを見て、マーハウスに指示する。マーハウスは敵の手をかいくぐりながら櫓を目指す。

「マーリンを殺せ！　魔術師を矢で射殺せ！」

ジュリの甲高い声が響き渡る。弓矢隊の第一弾の矢が放たれた直後、駆けつけたマーハウスが弓を構える者たちに斬りかかった。

「ランスロット卿！　樹里を安全な場所へ！」

マーリンの叫ぶ声も聞こえてきた。次の瞬間には、樹里はランスロットに抱きかかえられていた。ランスロットは妖精の剣を振り回し、突風を起こした。妖精の剣が呼んだ強い風で、人々は数メートル吹き飛ばされる。

「ランスロット、待ってくれ！」

クロも連れていくと言おうとした瞬間、背中に激痛が走った。

「ぐ……っ」

ランスロットも苦痛に満ちた顔で踏ん張っている。樹里の背中に矢が刺さっていた。どこか高い場所から樹里めがけて放った矢が当たったのだろう。ランスロットもケルト族の男に斬りつけられ、呻き声を漏らしていた。

「樹里様、少し辛抱して下さい」

ランスロットは襲いかかってくる男を剣で払いのけ、樹里を抱えた。ランスロットは妖精の剣で道を拓《ひら》き、村の入り口へ急ぐ。樹里は矢が刺さった背中が痛くてたまらなかった。

ケルト族の男たちを蹴散らして、ランスロットは村の入り口に繋いでおいた黒馬に樹里を乗せた。そしてひらりと飛び乗ると、飛ぶような勢いで走りだした。黒馬は主人の意思を察し、羽が生えたみたいに急な斜面を駆け下りる。

喧騒《けんそう》が遠ざかっていく。

樹里は痛みに呻きながら、仲間の安否が気がかりでならなかった。


ランスロットの馬は山を駆けた。樹里の背中に刺さった矢は、追っ手がいないと確認した後、抜かれた。ひどい痛みに襲われ、樹里は苦痛の声を上げた。

「申し訳ありません、樹里様。毒が塗られているかもしれないので」

ランスロットは苦しげに呟くと、布で樹里の傷口を押さえつけた。

ケルト族の村からそれほど離れていない場所で、黒馬は止まった。ランスロットが誰かに合図している。痛みで状況が分からなくて、樹里は歯を食いしばった。じんじんとした痛みが、矢が刺さったところから全身に広がる。樹里はランスロットの腕に抱えられ、馬から降ろされた。薄く目を開けると、草むらで覆われた奥に洞穴《どうけつ》があった。誰かが手招いている。

「クミル、よく逃げられたな。あの場から」

ランスロットの声がする。

樹里は暗く静かな場所にうつぶせで寝かされた。痛くて涙が滲《にじ》み出《で》る。

(俺の涙、俺には効かねーのかよ、畜生)

泣いても痛みが薄れないことにがっかりして、樹里は辺りを見た。入り口から入る光以外に光源はないらしく、中は薄暗い。ランスロットが心配そうに、クミルが見つけたという洞穴に身を隠していると教えてくれた。

「樹里様、大丈夫ですか？　幸い、矢に毒は塗られていないようです。クミル、早く樹里様を手当てしてやってくれ」

ランスロットが樹里の見えない場所にいる者を急かしている。

「樹里様、失礼します」

ランスロットが樹里から着ている衣服を脱がす。背中をむき出しにされ、ひんやりした何かが傷口に押し当てられた。すごくいい匂いがする。傷口に軟膏《なんこう》が塗られ、葉っぱのようなものに覆われたのが分かった。白い布で葉を固定するように巻かれる。

花の香りだろうか。傷口に塗られた薬の匂いを嗅いでいると、痛みが嘘のように引いていった。クミルは本当に薬草のエキスパートなんだなと感心した。

「私の手当ても頼む。村に戻り、仲間を助けに行かねば」

ランスロットは急かすように言う。樹里はだるい身体を起こそうとした。けれど動かない。痛みで動けないのだろうかと思いつつ、首を曲げてランスロットを見た。ランスロットの太ももから出血していた。白く長い腕がランスロットの傷に薬を塗るのが見える。

顔が見えないが、ランスロットを手当てしているのはクミルだろう。けれどその手を見ていたら、妙な気分になってきた。

(俺、この手……どっかで見たことある)

手に、既視感を覚えたのだ。

白く長い指、丸まった爪……これは、ガルダの手だ……。

「ガルダ……?」

思わず樹里の口から言葉が漏れた。とたんに、ランスロットに応急処置をしていた手の動きが、止まる。

「ガルダ?」

ランスロットが困惑した声を出した。樹里は懸命に身をよじった。そこにはクミルがいた。クミルの顔は青ざめ、引《ひ》き攣《つ》っている。外見はガルダとまったく違う。それなのに、この男はガルダだと樹里は確信した。

「お前、ガルダだったのか？」

身体の重さを堪《こら》えて体勢を変えようとした時、クミルが——いや、ガルダが歌い始めた。ゾッとするような、陰鬱《いんうつ》な歌。

狭い洞穴にその歌声が流れ始めた途端、ランスロットに異変が現れた。

「う、ぐ……っ、く、は、……っ」

ランスロットが苦しみ始めたのだ。ガルダの歌が原因だと悟り、樹里は止めようとした。だが、自由に手足が動かせない。

「き、さま……っ、何を……っ」

ランスロットは激しい頭痛に襲われているのか、兜《かぶと》を放り投げ、髪をかきむしる。

「ランスロット！」

樹里は悲鳴を上げた。

ガルダは歌いながら、ランスロットの首に手をかけ、肩から顔を覗かせたプーランを掴んだ。躊躇《ちゅうちょ》なく、プーランの首を絞めつける。キーキー鳴いているプーランが事切れたのは、わずか数分後だった。この男は本当にガルダなのだろうか？　樹里は自分が見ているものが信じられなくて、呆然とした。

ガルダは続いてランスロットの首からネックレスを奪おうとした。ランスロットは必死に抵抗したが、歌声が大きくなると絶叫を上げた。激痛がランスロットを襲っているのだ。

「やめろ！」

樹里の制止も虚しく、ガルダはネックレスを引きちぎってランスロットから奪った。ネックレスがなくなったとたん、ランスロットの様子がまた変わった。身体を丸め、ガタガタ震え始める。誇り高いランスロットの信じられない様子に、樹里は青ざめた。

「何をした！　ガルダ、何をしたんだ！」

樹里は地面に爪を立てて、ネックレスを握りしめるガルダを睨みつけた。

そこにいるのは樹里の知っている優しく穏やかな男ではなかった。醜く焼けただれた顔が嘲笑を浮かべている。

「ランスロット卿は私の勧めた薬入りのお茶をずっと飲んで下さっていたようだ。術がよく効きます。傷口にもたっぷりと同じものを塗り込みましたから、傷口から体内に巡るでしょう。神経を狂わせる薬です。この術は母であるモルガンから教えられた術。一度発露すれば、あのマーリンにも取り消すことはできない……」

聞き慣れたガルダの声に、樹里は絶望した。マーリンの推測は当たっていたのだ。マーリンですら取り消せない魔術だなんて――。

「何で……っ⁉　ランスロットは変わり果てたお前に優しくしていたじゃないか……っ、恨みなんてなかったはずだ、ガルダ、どうしてこんなことを⁉」

樹里はどうしても受け入れられなくて、悲痛な声を上げた。

あの優しかったガルダが、こんなひどい真似をするなんて信じたくない。

「恨みなど毛頭ありませんよ。今でもあなた方を好いております」

ガルダがゆっくりと樹里を見下ろす。その冷たい眼差しに、背筋が凍った。ガルダはこんな目をする人ではなかった。一体、何がガルダを変えたのか。

「でも恐怖の前に愛や優しさなど、何の役にも立ちません。私は悟ったのです。母に逆らうなど、愚か者のすること。あの人の望むものを差し出すしか、生きる道はないのです」

ガルダは感情のない声で告げた。

樹里はガルダの中に植えつけられた恐怖の源を知った。ガルダはモルガンによって、性根まで変えられてしまったのだ。

「樹里様、身体が熱くなってきたでしょう」

ふいにガルダの声に隠微《いんび》なものが宿り、樹里はぎくりとした。全身が熱を帯びている。こんな場所で何故？　と疑問を抱いた樹里に、ガルダが屈み込んでくる。

「魔女モルガンは、あなたとアーサー王の関係の破壊を望んでおります。あなたも楽しめるようにしたのは、せめてもの私の情けですよ」

ガルダが樹里の着ていた衣服を引き裂いた。この状況を打開しようと、樹里は地面を這った。逃げたいのに、身体がぜんぜん動かない。ガルダの手から逃れようとしても、わずか数センチしか進まない。

ガルダに下肢を剝き出しにされて、尻の中に何かを塗り込まれた。気持ち悪い、吐き気がする。そう思うのに、尻の奥が疼き始める。

「ランスロット卿の報われない思いを叶えさせてやりなさい。あなたはアーサー王を裏切るのです」

ガルダが耳元で囁いた。

背筋に冷たい水を注ぎ込まれたみたいだ。ガルダの企みを見抜けなかった自分は、こんな場所で危機に陥《おちい》っている。どうすればいい、どうすれば――そう思う樹里の耳に、軽やかな足音が聞こえた。

「さらばです、樹里様」

ガルダが洞穴から立ち去ろうとした時、洞穴に咆哮《ほうこう》が響いた。やはり、聞き間違いではなかった。洞穴の入り口に、全身を血で染めたクロが猛っていた。その双眸《そうぼう》は元の金色だ。クロは樹里の知っているクロだ。きっと樹里の匂いを追ってきたのだ。

「クロ！　ガルダからネックレスを奪い返してくれ!!」

樹里はありったけの力を振り絞って叫んだ。クロがそれに応《こた》えるように、ひと声咆《ほ》えた。クロが飛びかかってくるのを、ガルダは反射的に避ける。だが爪がガルダの皮膚を裂いた。ガルダが悲鳴を上げて洞穴から飛び出す。

「クロ……、頼む……っ」

ネックレスをとり戻さなければ、万事休すだ。樹里が苦しげに息を吐き出すと、外で争う音がした。クロの声とガルダの魔術の歌声。何が起こっているのか、ここからは知ることができない。

ふいに絶叫が響いた。

ガルダの声だと思うが、その声はしだいに遠ざかっていった。音だけで判断するなら、崖下に落ちたのではないかと思った。何が起きたか分からないし、身体の奥は異常な疼きがあるし、頭の芯が焼き切れそうだ。樹里はクロをじっと待った。けれど、クロは待っても戻ってこなかった。

（どうなってんだ、クソ……ッ！）

自由の利かない身体に苛立ち、樹里は何とかここから離れようとした。身体の熱は収まらず、性器が勝手に反応している。何を塗られたか知らないが、ヤバい状態だと神経がぴりついた。

「う……う、う」

身体を丸めていたランスロットが、苦しげな声を上げて地面に手をついた。樹里は息を呑み、ランスロットの動きを注視した。

「樹里……様……」

ランスロットがゆらりと立ち上がり、かすれた声で近づいてくる。ランスロットがどうなってしまったのか怖くて、樹里は口が利けなかった。

「樹里様、助けて……、助けて下さい」

ランスロットは両足に力が入らないのか、樹里の前に膝をついた。髪をかきむしり、獣のような声を出す。

「アーサーが憎い……、アーサーを殺せ……、そんな声が頭の中から消えない、私の意思ではない、これは私の……」

ランスロットは苦痛に喘ぐ。ガルダの魔術でランスロットは精神の均衡を崩している。

「ランスロット、しっかりしてくれ！　負けないでくれよ！」

ランスロットの意識を保とうと、樹里は励ました。この状態が長引けば、ランスロットは魔術に支配されてしまうかもしれない。

止めようと思っていたのに、止められないのか。

樹里は来る未来を恐れ、涙目でランスロットを見つめた。

ランスロットが耐えきれなくなったのか、樹里に覆い被さってくる。

「樹里様……っ、うう、苦しい……っ、あなたが欲しい、欲しい、欲しい……っ‼」

ランスロットが齧《かじ》りつくように樹里の唇を吸った。押しのけたかったが、手足が痺れて抵抗できなかった。それだけではない、敏感な場所が触れ合うと、身体が異常に熱くなる。ランスロットは朦朧《もうろう》とした様子で、樹里を押さえつける。

「駄目、だ……っ、やめろ、ランスロット！　正気に戻れ！」

樹里は唇が少しでも離れるとそう叫んだ。ランスロットは頭のネジが外れたみたいに、樹里の身体を抱き寄せ密着してくる。

「樹里様……、樹里様……っ」

ランスロットが昂る心のまま、樹里の剝き出しの肩に嚙みついた。樹里は痛みに悲鳴を上げたが、同時に快楽も感じていた。痛いはずなのに、ランスロットの男くさい匂いを嗅ぎ、肌に触れられると気持ちよくてたまらない。こんなことは駄目だ、早く逃げなくちゃと思うのに、ひどい快楽に囚われて、頭がぼうっとする。

(どうすりゃいいんだよ！)

樹里はパニックになった。

ランスロットを正気に戻す方法、あるいは自分がこの場から逃げる方法、どちらも何も浮かばなかった。ランスロットは獣のように樹里の唇をふさぎ、身体をまさぐっている。ガルダはマーリンでさえ解けない魔術だと言った。

「樹里様……、申し訳、ありません……、私は私を止められない……」

樹里にのしかかりながら、ランスロットが吐き出す。ランスロットはまだかすかに自我を残している。樹里を欲する身体を止められずにいるが、ひどく苦しんでいる。

樹里は、ランスロットを止める言葉を探した。そして——やけくそで口を開いた。

「ランスロット、俺、お腹《なか》にアーサーの子がいるんだよ！」

樹里の必死な叫びに、ランスロットの動きが止まった。怖々と目を開くと、ランスロットが険しい顔で硬直している。樹里はランスロットを見返した。

「う、く……、ううう……、うあああ……っ」

ランスロットは身の内に起こる激痛から逃れるように、樹里から飛《と》び退《の》いた。騎士であるランスロットにはこの事実が受け入れられなかったのだろう。その瞳にわずかに理性の光が戻ったのを知り、樹里は肘をついた。少しずつだが、身体が動くようになっている。

「ランスロット、正気に戻ってくれ！」

樹里はありったけの思いを込めて叫んだ。ランスロットは髪をかきむしりながら、壁に激突した。岩壁に繰り返し頭を叩きつけ、苦しげな声を出す。額から血を流すランスロットの壮絶な姿に樹里の目に涙が滲んだ。

「私の頭から出ていけ！　もう命令するな！」

ランスロットはふらつきながら、何度も叫ぶ。ランスロットはどうにかして己をとり戻そうとしているが、苦しみは一向に消えないようだった。

「ううう……っ」

何度目かの激突の後、ランスロットは地面に倒れた。必死の思いで近づくと、ランスロットは苦痛に顔を歪めていた。

「樹里様……、私を殺して下さい……」

ランスロットの唇から漏れた言葉に、樹里は言葉を失った。

「頭の中からアーサー王を殺せ、という声が消えません……、声はどんどん大きくなっている……、樹里様、私を殺して下さい。私に王殺しをさせないで下さい……‼」

ランスロットの全身から強い想いが迸《ほとばし》る。ランスロットは未来を知らないはずなのに、自分がアーサーを殺す未来を予感している。涙が頬に落ちてきて、樹里は想いが声にならなかった。涙がランスロットの身体に落ちても、ランスロットの苦しみは消えない。自分の涙では、治せないのだと、絶望した。

ランスロットはガルダの魔術に我を見失っても、こうして騎士の魂を失わない。

「ランスロット……、俺は……俺は……っ」

ここでランスロットを殺さなければ、アーサーが死ぬかもしれない。

そう分かっていても、樹里は動けなかった。ランスロットの苦しみを前にして、まだ何か道があるのではないかと模索せずにはいられない。未来を変えようとしたのに、何も変えられないのか。自分がここでランスロットを殺せば、アーサーは生き延びるのか。けれど、そんな未来を望んでいたわけではない。

「樹里様！　もう、私は私を抑えきれない！　早く……っ、早く、私を殺して下さい‼」

ランスロットがのた打ち回りながら絶叫した。額から流れる血が飛び散り、悪夢のようだった。

樹里は涙を流しながら、ランスロットの腰に目をやった。

その時、妖精の剣が目に飛び込んできた。

(これなら、あるいは――)

一《いち》か八《ばち》かだ。

ランスロットを殺したくない。アーサーを殺されたくない。そのはざまで樹里が考えた最後の道――樹里はランスロットの手を握り、妖精の剣を引き抜かせた。

「ランスロット、許してくれ！」

引き抜いた妖精の剣を、樹里は両手で握った。ランスロットは苦しんでいる。妖精の剣は人を殺さないとランスロットは言っていた。だが、それでも直接刺したらどうなるか分からない。

（もうこれしか方法がない）

樹里はランスロットの胸に剣先を押し当てた。そして、思いきり力を込めた。

「うあああああああ!!」

剣先はランスロットの防具をすり抜け、胸に深く刺し込まれた。ランスロットが空気を震わせる絶叫を上げる。悲鳴が洞穴中にこだまし、樹里は身をすくめた。

樹里はランスロットの胸に剣を刺した状態で、後ろによろけた。

――ランスロットはぴくりとも動かなくなった。目が見開かれ、激痛を受けた表情のまま、硬直している。

「ど、どうなった……？」

樹里は怯えてランスロットに近づいた。ランスロットは息をしていない。手首に触れてみるが、脈拍が感じられない。

ランスロットを死なせてしまった……。

樹里は身動き一つせず、ひたすらランスロットを凝視していた。

（俺……、ランスロットを、殺してしまった……）

ふいに、入り口から強い光が差し込んできた。

振り向くと、圧倒的な存在が近づいてくるのが分かった。突風と、花の香り。暗かった洞穴に光が満ち溢れ、異質な存在が現れる。

「妖精王……っ」

樹里はすがる思いで叫んだ。荊《いばら》の冠を頭上においた、光の存在、妖精王がゆっくりと洞穴に入ってくる。白く整った面に尖《とが》った耳、理知的な碧色《みどりいろ》の瞳が樹里とランスロットを見やる。

「なんと、大胆なことをしたもの……」

妖精王はランスロットの胸に刺さった剣を見つめ、呟いた。

「妖精王、ランスロットを助けてくれ！　俺、どうしていいか分からなくて、妖精王の剣なら死なずにすむかもって……」

樹里は妖精王の足元に這っていき、言い募った。ランスロットは死んでしまったのだろうか。樹里がいくら泣いても駄目だろうか。

「この剣は人を殺す剣ではない。……だが、殺せないわけではないのだ」

妖精王はすっと膝をつき、ランスロットの額に手を当てる。殺せないわけではない、ということは、自分は本当にランスロットを殺してしまったのだろうか。胸が締めつけられるように痛かった。この選択は間違いだったのか、それとも――。

「まだ魂は留まっている。……復活まで時間が必要だ。この者のことは我に任せてもらおう」

樹里は全身から力が抜けて涙が溢れた。

もう終わりかと思ったが、まだ希望の道は残されていた。よかった、妖精王に任せられるならこれ以上のことはない。

「今、助けを呼んだ。ここはモルガンの棲《す》み処《か》が近いゆえ、私は長居できないのだ」

妖精王はそう言うと、樹里の額に手をかざした。すーっと心地よい風に包まれ、身体を襲っていた痛みや痺れ、疼きが消え去った。

妖精王はランスロットの身体を抱きかかえた。剣は刺さったままだ。

樹里が妖精王の後ろについて洞穴の外に出ると、馬の蹄《ひづめ》の音が聞こえてきた。ランスロットの黒馬だろうかと思ったが、方向が違う。

妖精王は木々の辺りを見ている。樹里がきょろきょろしていると、それまで何も見えなかったのに、木々の間から一頭の白い馬が走ってくるのが見えた。その馬がふつうの馬ではないのはすぐ分かった。馬の額には長い角が生えていたのだ。一角獣だ。

そしてその背には、アーサーが乗っていた。

「アーサー‼」

樹里はびっくりして声を上げた。アーサーは一角獣に乗って、樹里たちの前に近づいた。

「どうなってるんだ、王宮にこいつが現れて、乗れというので乗ったら、こんな場所に……」

アーサーは一角獣からひらりと飛び降りる。アーサーは妖精王に気づくと、その場に膝を折った。それから妖精王の腕に抱かれたランスロットと、ぼろぼろの樹里を見て顔色を変える。

「妖精王、これは一体……？」

アーサーを呼んだのは、妖精王だった。妖精王は一角獣にランスロットを乗せて、樹里たちを振り返った。

「詳しいことはあとで神の子に聞け。アーサー」

妖精王がアーサーの前に立って手を天に伸ばす。

「何でしょう」

アーサーは跪いたまま、妖精王を見上げる。空から一筋の光が流れてきた。それは妖精王の手に向かって一直線に伸びた。いつの間にか妖精王の手には一振りの剣が握られていた。光り輝くそれは、エクスカリバーだった。

「時がきたので、お前にこれを返そう。今ならこの剣でジュリを殺せるだろう」

妖精王がアーサーに剣を手渡す。アーサーは戸惑い気味にそれを受けとり、ちらりと樹里を見た。

「しかし、これでジュリを斬れば、樹里の命が……」

樹里ははらはらしつつ二人の会話に耳をすませた。

「今なら問題ない。神の子の腹には、お前の子どもがいる。お前の子どもが神の子を守るだろう」

アーサーがぽかんとする。

樹里もあんぐり口を開けて突っ立っていた。

自分の腹に子どもが……本当なのか⁉

「ジュリはお前の仲間とケルトの村の者を人質にとっている。王として、為すべき使命を果たせ」

妖精王はそう言うなり、一角獣に跨《また》がった。そしてランスロットを連れ、風のように去っていった。

残されたアーサーは、驚きでまだ硬直している。

「あ、あの……」

樹里がおそるおそる声をかけると、アーサーがすごい勢いで振り返った。エクスカリバーを放り投げ、樹里の肩をがしりと摑む。

「本当なのか！　お前の……、その、俺の……!!」

アーサーがまくし立てる。樹里は真っ赤になって、視線を逸らした。

「ほ、本当……みたい、な……?」

アーサーが声にならない声で叫んだ。ぎょっとすると、いきなり抱き上げられて、歓喜の声を上げて振り回された。

「でかしたぞ！　樹里！」

アーサーは辺りに響く声で喜びを現した。もう何が何だか分からない。樹里はアーサーに振り回されながら混乱の極みにいた。


ひとしきり喜びを表現して落ち着きを取り戻すと、アーサーは真顔になって樹里を見た。

「お前、ひどい格好だな。それにランスロットはどうなっている？　妖精王が連れていったのだから、死んでいるわけではないよな？　胸に剣が刺さっていたように見えたが……。他の者はどうしたんだ？　そもそもここは一体どこだ？」

アーサーは妖精王の力に導かれていきなりここに連れてこられたので、事情が呑み込めていない。樹里はびりびりに破れた服を掻き寄せ、アーサーに寄り添った。

「ケルト族の村にジュリがいたんだ。ジュリはケルト族の者を脅して支配しているようだ」

樹里は辺りをきょろきょろ見ながら話した。クロとガルダを捜していたのだが、見える範囲にはいない。

「罠だったのか！　やはり、行かせるんじゃなかった！」

アーサーは事情を知り、いきり立つ。よろよろしている樹里を見かねたのか、アーサーが「変な歩き方をしているな」と眉を寄せた。

「ホロウの従者でクミルっていうのがいたんだけど、正体はガルダだったんだ。ガルダは俺とランスロットに薬を盛って、おかしくさせた。ランスロットは魔術でアーサーを殺せって命じられて、それでも必死に抗って……」

樹里が顔をあちこちに向けながら話していると、アーサーが強い力で引き寄せる。

「何をきょろきょろしているんだ。ちゃんと俺を見て話せ」

アーサーには樹里が別のことに気をとられているように見えたらしい。

「違うんだよ、クロが見当たらないんだ！　ガルダがランスロットのネックレスを奪って、クロがそれを追っかけたんだ。悲鳴が聞こえたから、崖から落ちたのかもしれないんだけど……」

樹里が言うと、アーサーが崖下を覗き込んだ。アーサーは樹里の話を一通り聞いて、状況を把握した。

「まずは神獣を見つけよう。待て、ここの辺りの枝が折れている」

アーサーは目ざとく、クロたちが落ちたらしい場所をすぐに見つけた。アーサーの言う通り、争ったような跡が草むらにある。ここから落ちたのだろうか。少し覗いてみたが、どこまで深いか分からない。斜面には土と岩、それに群生する棘《とげ》のある植物。

「ここから下りるのは無理だ。お前は大切な身体だ。無茶はするな」

何とか下りようと試みていると、アーサーに慌てて止められた。信じたくないが、妖精王が言うなら本当に妊娠しているのだろう。

「……っていうか、アーサー、マジでいいの？ 俺、男だよ？ 本気で産めると思ってんの？」

樹里は何だか突然怖くなってきて、アーサーの顔を窺《うかが》った。アーサーはこんな時だと言うのに満面の笑みを浮かべる。

「お前を王妃に迎えることができるんだ。俺にとってこれ以上ない喜びだ」

熱い抱擁《ほうよう》をされて、樹里はじたばたとした。妖精王があちこち治してくれたからだいぶマシになったが、密着されると治まっていた熱がぶり返しそうだった。

「あっ、今なんか聞こえなかった？」

どこからか獣の声がした。すぐにクロのものと分かり、樹里は「クローっ!!」と呼んだ。落ちた場所とは離れた崖下から、クロが満身創痍《まんしんそうい》で這い上がってくるのが見えた。急いで駆け寄る。クロは怪我も負っているし、息も弱々しく、血だらけだった。無数の棘が身体に刺さっている。

そんなぼろぼろの姿で、クロは口にネックレスを銜《くわ》えていた。

「クロ……ッ」

自分の命令を忠実に実行したクロに涙が出てきて、樹里はクロを抱きしめた。ネックレスを受けとると、クロはぐったりと土の上に倒れる。その身体に樹里の涙が落ちると、速かった息が落ち着き始め、閉じられていた瞳が大きく開いた。クロは長い舌で樹里の頬を舐める。自分の涙でクロが元気をとり戻したと分かり、樹里はクロの毛に顔を埋《うず》めた。

「そうか、ここはケルト族の住む山か……」

アーサーは辺りを見渡して、観察しているようだ。

樹里はクロの身体から棘を抜きながら、ぶるりとした。よく考えれば、ここはモルガンの棲むエウリケ山が近いのか。マーリンに聞いた話では遠くに見える尾根がエウリケ山らしい。妖精王が長居できないと言ったのは、モルガンの縄張りに近いからだ。

「とりあえず移動しよう。妖精王の話では、今こそジュリを討つ機会のようだ。これを逃すわけにはいかない。仲間が捕まっているなら、なおさらだ」

アーサーはエクスカリバーを拾い上げて言った。太陽の位置を確認して、隠れる場所を探そうと言う。そもそもアーサーは王宮にいたので、武具をつけていなかったし、食糧も水も持っていない。

「この馬はランスロットのだな?」

洞穴の近くに繋いでおいた黒馬を見て、アーサーが振り向く。

「おい、主人がいない間、俺の馬になれよ」

アーサーは黒馬に語りかけ、ひらりと跨る。黒馬は少々暴れたが、アーサーに手綱を任せることを受け入れたのか、すぐに大人しくなった。

「ガルダを見つけるのは諦めよう。死んでいると助かるがな。野営地はどこだ？　そこまで戻ろう」

アーサーは樹里を引っ張り上げて黒馬に乗せると、山を下っていく。クロはすぐ後をついてくる。陣を張っているのはコンラッド川の向こう側だとアーサーに教えた。

マーリンや他の騎士、神兵たちはどうしているだろう。妖精王は人質になっていると言った。マーリンは無事なのだろうか。生きていると信じ、態勢を立て直して救い出さなければならない。ジュリはどんな非道な手を使ってケルト族の者たちを支配したのか。ランスロットは本当に大丈夫なのだろうか。

不安なことばかりだったが、アーサーが一緒というだけで力が漲《みなぎ》ってくる。樹里はアーサーの背中にもたれかかり、疲れから目を閉じた。


コンラッド川を渡った先で、サンと再会した。

ともかく誰かに知らせなければと、サンはコンラッド川を泳いで渡り、神兵に敵の罠のことを告げたのだ。残っていたふたりの神兵のうちの一人はアーサーに知らせるためすぐさま王都に向かった。当のアーサーがここにいるとは思いもせずに。

サンと神兵は突然現れたアーサーにびっくりしていた。

「暗くなってからでは分が悪い。明日、ケルト族の村を偵察に行こう。何、俺に考えがある」

アーサーは自信満々に言う。徐々に日が落ちてきた。アーサーの言う通り、今動くのは危険だろう。幸い、ここには食糧がある。当初話し合いを終えたらすぐ帰るつもりだったので天幕も張ったままだ。

「樹里様、ひどい姿です」

樹里は端切れみたいになった衣服を脱ぎ、コンラッド川で身体を清めた。矢が刺さった部分は妖精王のおかげか治っている。冷たい水を浴びると頭がしゃっきりした。

（そういや、ジュリの魔術が効かなかったな）

戦闘中のことを思い返し、樹里は自分の腹を眺めた。ジュリの魔術が効かなかったのは、腹の中に子どもがいるから……？　そういえばジュリの魔術は王家の者には効かないとマーリンが言っていた。だからジュリは王族を殺すのに回りくどい手を使うしかなかったのだ。

（こんな水浴びとかしていいのかな？）

何だかそわそわしてきて、樹里は川から上がると足首まで隠れる衣装を身にまとった。現実問題、お腹に子どもがいるとして、一体どうやって産むのだろう？　腹がぱっくり割れたらどうしよう。怖い想像ばかり頭を過《よ》ぎり、樹里は考えを振り切るように頭を振ると天幕に戻った。

天幕の前では、アーサーが肩に白い鳥を乗せて文を読んでいた。マーリンが鳥を使ってアーサーに連絡してきたらしい。

「さっきマーリンに近くまで来ていることを知らせておいたんだ。皆、捕らえられて人質にされたようだ」

アーサーは再び白い鳥を空に放ち、言った。無事が分かり、ひとまず安心した。ジュリに殺されたのではないかと心配だったのだ。

「ケルト族の者がお前を捜しているらしい。おおかたジュリに命じられたのだろう。川の水位が上がっていて助かったな。念のため、今はサンがクロと一緒に見張っているが。おかげでこちらには簡単に来られないだろう」

アーサーと天幕に入り、樹里は温かい飲み物をもらって一息ついた。数刻ののちに、神兵がサンと見張りを交代するようだ。

「お前は身体を休めろ。孕《はら》んでいると知っていたら、絶対行かせてなかったぞ」

アーサーは樹里を寝床に導く。もう少し話がしたくて、樹里はアーサーを寝床に引きずり込んだ。アーサーが笑って樹里の額やこめかみ、頬にキスをする。指先で頬を軽くつねられて、樹里は幸せそうなアーサーを見つめた。

「王子だろうか？　それとも姫だろうか？」

アーサーは上機嫌で樹里の髪を弄《もてあそ》んでいる。

「変な生物が生まれてくるかも……」

樹里はアーサーほど喜べない。どちらかといえば不安が強い。

「なるほど。呪いを解く子どもだから、ふつうではないかもしれないな。どんな子にせよ、楽しみだ。大切に守らなければな」

アーサーは樹里の心配など微塵《みじん》も理解できないようで、何を言ってもポジティブに変換される。

「どうして不安がる？　お前の視《み》た未来とは違う道を選べたのだろう？」

アーサーに抱き寄せられて、樹里は厚い胸に顔を埋めた。アーサーの言う通り、ランスロットを最悪の道からは救い出せたと思う。ネックレスも奪い返せたし、ランスロットに王殺しをさせずにすんだ。

「そうだよな……。きっとこれで、上手くいくんだよな」

樹里は無理に笑顔を作って、アーサーにすり寄った。アーサーの手は優しく樹里の髪を撫でるだけで、それ以上は何もしない。こうやってくっついていると、身体の熱が上がってきて、じれったくなった。薬の効果は消えたはずだが、無性にアーサーが欲しくなる。

「アーサー……、あのー……」

身体をくっつけてもじもじしていると、アーサーが樹里の額を小突いた。

「大事な時期だ。控えたほうがいいだろう」

こんな時に限ってつれない言葉を吐くアーサーに苛立ち、樹里はアーサーの高い鼻に噛みついた。

「出かける前にさんざんやっておいて、今さらだろ？　クソ、もったいつけやがって」

赤い顔で身を起こすと、樹里はアーサーの下肢をくつろげ始めた。意識したとたん、身体の熱は上がる一方だ。目を丸くするアーサーのズボンを下ろして、性器を取り出す。恥ずかしいので、あまり顔は見ないようにして、アーサーの性器をぱくりと銜えた。口でやるのは下手だし、アーサーも無理強いしないのでずいぶん久しぶりだ。一生懸命舐めて唾液で濡らすと、アーサーの性器はすぐに芯を持った。

「本当に大丈夫か？　俺だって、したくないわけじゃないんだぞ」

樹里の髪を撫でて、アーサーが熱っぽい息をこぼす。

「ん……」

アーサーの性器をもぐもぐして樹里が頷く。ちらりと見上げると目が合って、どきりとした。興奮したアーサーの強い眼差しに、身体の奥が疼いてくる。太くて雄々しいアーサーの性器に舌を這わせるうちに、腰から下の力が抜けていく。

「お、俺、何か変かも……」

自分は何もされていないのに、身体が汗ばみ、鼓動が速まっている。アーサーの手が口淫する樹里の髪から肩に流れ、するりと胸元に伸びる。

「ん、う、ん……っ」

布越しに乳首を弄られて、ひくんと腰が揺れる。アーサーの性器を手で扱《しご》き、先端をすぼめた舌で弄《いじ》る。アーサーは戯れるように樹里の乳首を指先で弾く。何度もそうされた後、布越しにぎゅっと摘まれて、腰が跳ね上がった。

「アーサー……っ」

乳首を弄られるとひどく感じてしまい、樹里は性器から口を離した。アーサーの手が開いた布の隙間から直接中に挿し込まれる。指先で乳首を引っ張られ、樹里は「あ……っ、あ……っ」と切ない声を上げた。

「敏感になっているな……、もう濡れているんじゃないか？」

アーサーが起き上がって、樹里の衣服の裾をまくり上げる。アーサーの大きな手が尻を揉み、はざまを滑る。

「ほら、こんなに濡らしている……」

アーサーに耳元で囁かれ、頬を朱で染めた。アーサーの指が尻の奥に入ると、樹里にもそこがしとどに濡れているのが分かった。奥が疼いている気はしたが、こんなに濡れているとは思わなかった。

「アーサー……っ、もっと、奥、……お願い」

樹里はアーサーに抱きつき、乱れた息遣いでねだった。アーサーは樹里を腰に跨らせながら、長い指で尻の奥を掻き乱した。樹里の性器は半勃《はんだ》ちだったが、身体の奥は甘く蕩《とろ》けていた。膝立ちになり、アーサーにしがみつく。

「う……っ、あ、ああ……っ、ぁあ……っ」

アーサーの指が内壁を辿り、奥へ奥へと潜ってくる。ぐちゅぐちゅという濡れた音が響き渡り、敏感な場所を擦られるたびに腰が跳ね上がる。きっと薬が残っていたのだ。気持ちよくて、声が抑えられないのも、そのせいだ。

「あっ、ひあ……っ、あ……っ、や、だぁ、それ……っ」

アーサーが樹里の衣装の前を開き、むき出しの乳首に嚙みつく。痛いはずなのに、歯で引っ張られると身体の奥がじんじんと甘く痺れた。男なのに乳首でこんなに感じているなんておかしい。何度も弄られて、身体が変わってしまった。

「あ……っ、あ……っ、あ、ううぅ……っ」

乳首をきつく吸われ、甲高い声がひっきりなしにこぼれる。奥に入れられた指は動いていないのに、乳首を弄られて悶えている。樹里は仰《の》け反《ぞ》るようにして甘い声を上げた。

「アーサー……ッ、俺、変、やっぱ、変……っ」

腰をひくつかせて、樹里は上擦った声を上げた。腰がびくびくと勝手に動いたかと思う間もなく、いきなり強烈な快感が身体を突き抜けた。

「ひあああ……っ‼」

羞恥《しゅうち》など頭から吹っ飛ぶくらい、深い快感に襲われた。銜え込んだアーサーの指を締めつけ、痙攣《けいれん》するように大きく身体を震わせる。全身から力が抜けてアーサーにもたれかかると、アーサーが奥から指を抜いた。

「ひぃ……っ、あ……っ、ひ……っ」

かすかな動きにもびくんと震え、樹里は獣のような息を吐き出した。眼裏《まなうら》がちかちかして、息をするのも苦しい。

「吐精したのか……？　だが、何も出ていないようだが……」

アーサーは樹里の性器を手に持ち、首をかしげる。身体がすごく変になっている。射精していないのに、射精したような、いや、それ以上の快感だった。

「こんな身体では、心配で手離せないな」

アーサーに囁かれ、樹里は潤んだ目でアーサーを見つめる。アーサーは樹里の腰を持ち上げ、硬くなった性器の先端を尻のすぼみに押しつける。

「ゆっくり入れるぞ……」

濡れた身体の奥に、熱い塊《かたまり》がずぶずぶと押し込まれてくる。身体を開かれる感覚が気持ちよくてたまらない。身体の奥を熱いモノで串刺しにされている。どくどくと脈打つそれは、樹里が望んでいたものだ。

「気持ちいいのか……？　とろんとした顔をして」

アーサーが樹里の頬を指先でくすぐる。樹里は涙目で小さく頷いた。動かなくてもアーサーと繋がっているだけでひどく心地よかった。奥が収縮しているのが自分でも分かる。

「今宵は優しくしよう。お前が大事だから」

アーサーはそう言うと、緩やかに腰を揺らした。さざ波のように快楽がどんどん押し寄せる。激しく動かなくても、気持ちよさに声が勝手に漏れた。乳首は敏感になり、脇腹や鎖骨、二の腕、太もも、どこを触られても感じた。

「あ……っ、あ……っ、やぁ……っ、ひ、やぁ……っ」

樹里はアーサーにもたれながら、嬌声《きょうせい》を上げた。アーサーは腰を軽く律動し、樹里の唇を吸う。口づけは甘く情熱的だった。互いの舌が溶け合うようで、ぼうっとする。こうしてアーサーと繋がっていると、脳まで溶けるようだった。

「ん……っ、あ、う……っ、き、もち、いい……っ、ぁ……っ、こんな奥……っ」

樹里は腰をくねらせて、甘ったるい声を上げた。

座位で繋がっているせいか、怖いくらい奥までアーサーが入ってきている。悶えるように樹里が背を反らすと、アーサーがぐっと奥に突き上げてきた。

「やぁあ……っ、あ……っ、う、そ……っ」

樹里は生理的な涙を流しながら、乱れた声を上げた。

「こんなに奥まで感じるのか？」

アーサーが興奮した声で囁く。アーサーの息も乱れていて、互いの熱で天幕内の温度が上がるようだった。

「ここがいいんだろ？」

アーサーが深い奥を性器でぐりぐりと突いてくる。そうされるとたまらないくらい感じて、樹里はまた激しい絶頂に至った。もう声さえ出せず、息が激しくなる。内壁はアーサーの性器をきつく締め上げ、乳首は尖って切なげに震えている。

「何度も達しているのか……、可愛い奴だな」

アーサーは樹里の濡れた目元を舌で舐め、深く息を吐き出した。アーサーも限界なのだろう。

律動が速まり、樹里を押さえつける腕に力がこもる。

「やぁ……っ、あ……っ、あ……っ、うああ……っ」

樹里は達したばかりでより敏感になっていたのか、アーサーが突き上げるたびに悲鳴じみた嬌声を上げていた。このまま永遠に繋がっていたい。そう思わせるほどに、深い快楽に溺れていた。


アーサーと何度も想いを確かめ合った後、樹里は深い眠りに落ちた。

どれくらい眠っていたのだろう。

揺すり起こされた時にはまだ辺りは暗かった。寝《ね》ぼけ眼《まなこ》で飛び起きると、アーサーの大きな手で口をふさがれた。アーサーは片方の手に剣を握っている。しゃべるな、という指示に樹里が頷くと、アーサーは足音を立てずに天幕の入り口に移動した。アーサーはまだ腰布しかつけていない。

天幕の隙間からアーサーはするりと外へ出ていった。クロの咆える声がする。追っ手が現れたのだろうか。

樹里は散らばっていた衣服を集めて、急いで身にまとった。外で剣のぶつかり合う音がする。

「樹里様！」

外にいたサンが飛び込んでくるのと、樹里が駆け寄るのはほぼ同時だった。

「ケルト族の男が……っ」

サンと抱き合って天幕から外を覗くと、松明の明かりで二人の男が剣を交えているのが見えた。一人はアーサー、もう一人は——おそらくケルト族のグリグロワだ。クロはグリグロワに向かって吼えているが、飛びかからずに二人の闘いを見守っている。

樹里は外に飛び出した。

「グリグロワ！　待ってくれ、お前を、お前たちを助けてやれるから!!」

アーサーとグリグロワの闘いを止めようと、樹里は大声で叫んだ。グリグロワがハッとしたようにこちらを見た。その隙をついて、アーサーがグリグロワの手から剣を弾き飛ばす。グリグロワは腰に下げていたもう一本の剣をとろうとしたが、クロが飛びかかって咽元に牙を剝いたので、身動きがとれなくなった。

グリグロワは油断のならない目つきで樹里を睨みつけている。

「ジュリのしたことは分かってる。お前の村の者たちを人質にとっているんだろう？　この人なら——アーサーなら、ジュリを倒せるから！」

樹里がなおも言うと、グリグロワの瞳が揺らいだ。グリグロワは自分に剣を向けるアーサーに、驚愕《きょうがく》している。

「アーサー王？　何故、アーサー王がここに？」

グリグロワは樹里を追ってきたが、まさか自分を阻んでいた剣士がアーサーとは思いもよらなかったようだ。毒気を抜かれた状態のグリグロワを見て、アーサーは剣を収める。樹里が頼むと、クロもグリグロワの身体から離れた。

「妖精王に連れてこられた」

アーサーの答えにグリグロワは戦闘する気を完全になくしたようだ。樹里はホッとしてグリグロワに近づいた。見張りの神兵は気絶させられていただけで、無事だった。サンが手当てをしている。

「話してくれないか？　お前たちの事情を」

樹里が天幕に招くと、グリグロワは剣を鞘《さや》に収め、視線をさまよわせた。

「本当にあの悪魔を殺してくれると言うなら、お前に従おう」

グリグロワは観念したように呟いた。

天幕で、樹里とアーサーはグリグロワの話に耳を傾けた。

「あいつはある日突然、俺たちの村に現れた。そして災厄を落としたのだ……」

ジュリがケルト族の村に現れたのは半年ほど前。奇妙な力で次々と猛者《もさ》と呼ばれたケルト族の男を殺し、女性と子どもから意思を奪い去った。魔術により女性と子どもはジュリの思うままに操られる人形と化したらしい。ジュリは近隣の村から赤子をさらってくるよう、ケルト族の男たちに命じた。さらいたくはなかったが、逆らうと女性や子どもが殺されるので仕方なく従ったという。

「赤子はどこへ？」

アーサーは顰《しか》め面《つら》で聞く。

「母親の元へ送ると言っていた。詳しくは知らない」

グリグロワはジュリの母親がモルガンだとは知らないようだった。

王都からの使者が来た時、ジュリは神の子を呼び寄せるよう命じてきた。樹里をアーサーから引き離し、殺すか捕まえるかするためだろう。

「最初にあなたを見た時、あまりにあの悪魔と同じ顔なので畏怖した」

グリグロワは樹里をじっと見つめ、呟いた。

「俺たちはあの悪魔に従いたくない。あの男を殺せるなら、この身を犠牲にしてもいい」

グリグロワは怒りに満ちた顔で吐き出した。誇り高いケルト族の村の者たちの怒りや悲しみは樹里が思うよりずっと大きいのだろう。

「あの男を殺せるというのは本当なのか？　あいつに剣を振り下ろした時、見えない力に吹き飛ばされたぞ」

グリグロワに半信半疑で見られ、アーサーはエクスカリバーを差し出した。

「この剣はあいつを殺せる唯一の剣だ。俺以外は抜けないが」

エクスカリバーを差し出され、グリグロワはいぶかしげに鞘から剣を抜こうとした。だが、抜けない。グリグロワは力任せに剣を抜こうとしばらく格闘していたが、無理だと悟り諦めた。

「どうして俺以外、抜けないんだろう。どうなっているんだ？」

アーサーは軽々と剣を抜き、首をかしげている。樹里は触ると怪我をするので手を出さないでおいた。

「夜が明けたら、ケルト族の村へ向かおう。グリグロワ、力を貸してもらうぞ」

アーサーが凛《りん》とした表情でグリグロワに言う。グリグロワは復讐《ふくしゅう》に燃える瞳でアーサー王の手をとった。


どこまでも続く青空が視界に広がっていた。

風はほとんどなく、寒さも和らいでいる。柔らかな日差しを浴びて川面はきらめいている。今日のコンラッド川は穏やかな流れを見せていた。水位は低く、馬で渡るのに都合がいい。

昨日と同じ道を辿り、山間にあるケルト族の村に樹里は来た。両腕を後ろに縛られ、首にもロープが巻かれている状態だ。樹里を引っ立てるのは、ケルト族の二人だ。一人はグリグロワ、もう一人は大型の獣の皮を深く被っていて鼻から下しか見えない。

「神の子を捕まえてきたぞ！」

グリグロワは樹里を引きずりながら村の広場へ出て、大声を上げた。首に絡んだロープが苦しくて、咳き込む。樹里はわざと不安げな表情をつくって村の中を見渡した。男たちが険しい表情でこちらを窺っている。木で作られた柵があって、その先に武装した男たちがたくさんいた。マーリンたちは見当たらない。どこかに閉じ込められているのだろうか。

グリグロワの怒鳴り声に、奥の一番大きな家からジュリが現れた。樹里を見るなり、その顔が狂気的な笑みを浮かべる。

「よくやった！　さあ、こちらに渡してもらおう」

ジュリは手を差し出しながら近づいてくる。グリグロワは、勢いよく樹里を引っ張った。咽にロープが食い込み、樹里は苦しげにグリグロワの腕に収まる。

「その前に、村の女性と子どもにかけられた魔術を解いてもらおう」

グリグロワは樹里を腕で押さえつけながら、ジュリを睨みつける。

ジュリはくくっと笑った。

「誰がいつそんな交換条件を出した？　お前らは僕の言うことを大人しく聞いていればいいんだよ」

ジュリが歌いながら手をくいっと反転させる。グリグロワはとっさに樹里を盾にした。樹里は思わず目をつぶったが、昨日と同じく魔術はかからない。

「おかしい、何故だ……？」

ジュリは苛立った声で呟き、近づいてきた。妖精王が言う通り、今の自分にジュリの魔術は通用しないらしい。それなら自分にも分がある。

「近づくな！」

グリグロワがじりじりと後退すると、ジュリはこめかみをぴくぴくとさせて、両手のひらを強く叩いた。それまで低い声で歌っていたのが、一転して甲高い声に変わる。とたんにグリグロワは樹里から手を離し、地面に倒れた。グリグロワはまるで足払いでもかけられたようだった。

ハッとして樹里がグリグロワに目を向けると、ジュリの手に腕を摑まれる。

「待っていたぞ、樹里」

ジュリの唇の端がにやーっと吊り上がった。今だ、と樹里は躊躇することなくしゃがみ込んだ。

「うがあああああ！」

大きな血しぶきが飛んだ。しゃがみ込んだ樹里の背後にいたケルト族の格好をした若者——アーサーがエクスカリバーを抜いて、ジュリに斬りつけたのだ。刃はジュリの右肩から首にかけて容赦なく裂いていった。

「な……っ、なっ、何故……っ」

ジュリは驚愕に目を開き、地面に倒れてのた打ち回る。遠巻きに見ていたケルト族の男たちがどよめく。転がっていたグリグロワも息を吞む。

「残った右腕ももらいに来たぞ」

アーサーは頭にかぶっていた大型獣の皮を放り投げた。金色に輝く髪が風になびき、アーサーが剣の切っ先をジュリに突きつける。ジュリは突然現れたアーサーに可哀相なくらい青ざめた。

「あ、アーサー……ッ!!　き、貴様、貴様ぁあああ……っ、何故ここに……っ!?　う、ぐ……っ」

ジュリは傷口を手で押さえつけながら、よろめいて逃げようとした。人質をとろうとしたのか、あるいは操ろうとしたのだろう。ジュリは右腕をケルト族の男たちに向けた。アーサーはすかさず跳躍し、今度はジュリの太ももを斬りつけた。

「ぐ……っ、が……っ、あ、あ……っ」

ジュリがどうっと地面に転がり、口から血を吐き出す。アーサーはジュリの腹を片方の足で押さえつけ、固唾《かたず》を呑んで見守っていたケルト族の男たちを振り返った。

「我が名は、アーサー!! キャメロット王国の王にして、唯一無二の存在だ！」

アーサーが叫ぶと、ケルト族の男たちがざわめいた。

「この悪鬼によって、ケルト族の者が人質にとられていたと聞いた！ 我はケルト族との闘いは望まぬ！ この悪鬼は我が倒すゆえ、仲間を返してもらいたい！」

アーサーはジュリに剣を向けたまま、胴震いする声で言った。ざわめく男たちの中から、長老らしき白い髭を生やした老人が前に出てくる。

「あなたは本当にアーサー王なのか……!? 確かに、その顔、その佇《たたず》まい、先代の王によく似ているが……。アーサー王よ、お仲間は返す。代わりに我らはそやつの死を望む」

老人はそう言うと、仲間の男に何事かを耳打ちした。樹里は首にかけられたロープを解《ほど》きながら、アーサーの傍に立った。ジュリは痙攣していて、傷口から絶え間なく血が流れ出している。その顔には死相が表れていた。

騒がしい声が柵の奥から聞こえてきた。解放された騎士や神兵がこちらに駆けてきたのだ。

「アーサー王!!」

「アーサー王が助けに来てくれた!!」

血を流し倒れているジュリに気づき、騎士や神兵が拳《こぶし》を突き上げて高らかに叫ぶ。広場は異様な興奮に包まれていた。騎士や神兵が口々にアーサーの名を称《たた》えている。

「アーサー王、どうしてこんなに早くここへ……」

マーリンはマーハウスに支えられて歩み寄ってきた。マーリンは逃げ出せないように片方の脚を折られたという。殺されなかっただけマシと言えばマシだが、他の皆もひどい有り様だ。

「ケルトの者よ、我が同胞を引き渡してくれて礼を言う。——おい、ジュリ、最期に何か言うことはあるか？」

アーサーはエクスカリバーを握り直して、ジュリを見下ろした。ジュリはアーサーを見上げ、血の気を失った顔で不敵に笑った。

「呪わ、れ……ろ、アーサー王……。早く殺せ、ば……いい」

ジュリは自分が死んでも生き返ると知っているのだ。ふっと胸が苦しくなって、樹里は唇を噛んだ。

「ジュリ、お前は生き返らないよ」

樹里は呟くように言った。ジュリの顔が強張り、口からまた血が噴き出る。

「な、に……馬鹿な……」

ジュリの声が少しずつかすれていく。目が合った時、樹里は憐《あわ》れむような顔をしていたのだろう。ジュリは何かを悟って、一瞬身体を強張らせた。恐怖に目をひん剝き、痙攣がひどくなる。

「は、は、う……え、は、は……う、え」

ジュリは最後の力を振り絞って、モルガンを呼んでいる。その姿は恐ろしい殺戮者《さつりくしゃ》のものではなかった。自分と同じ顔をした、同じ魂を分けた存在。

(これでいいのか?)

樹里はわけもなく焦った。こうしてジュリを殺して、それでいいのだろうか?

もちろんジュリは悪魔のような男だし、生きていたらこの先、きっと何度も樹里たちを窮地に追いやる。それは分かっている。けれど、だからといって、自分と同じ魂を持つ者を、殺してしまっていいのだろうか?

ケルト族の者たちや、騎士、神兵の「殺せ! 殺せ!!」という声が大きくなっていく。憎しみに満ちた人々の眼差し。怒りに満ちた声。樹里は目眩《めまい》に囚われた。

ここで血まみれになっているのは、自分だった可能性もあるのではないだろうか?

「魔女モルガンを呼ばれる前に、とどめを刺してやる」

アーサーはエクスカリバーを振りかざした。

「——待ってくれ!!」

考えるより先に叫んでいた。

アーサーの動きが止まり、殺せと叫んでいた男たちも口を閉じる。無意識のうちに足を動かしていた。樹里は瀕死状態のジュリの頭の傍に膝をついた。

「せめて、最期に祈りを捧げさせてくれ」

樹里は請うようにアーサーを見上げた。アーサーはわずかに躊躇したが、樹里の目を見つめ、苦笑した。

「いいだろう。神の子よ、慈悲を」

剣を向けたまま、アーサーが言う。

樹里は両手を組み合わせ、祈りの言葉を捧げた。この国の祈りの言葉は少ししか知らない。それでも心を込めて、ジュリが天に導かれるようにと祈った。

意図していなかったのだが、片方の瞳から、するりと涙の粒が落ちた。

涙の粒はジュリの額に落ちて、スーッと染《し》み込《こ》んでいく。

その時、不思議なことが起きた。

ジュリの身体から白い靄《もや》みたいなものが出てきて、樹里の身体に吸い込まれていったのだ。樹里は目をぱちくりさせてジュリを見る。ジュリの身体はぴくりとも動かなくなった。樹里にも、アーサーにも、ジュリが事切れたのが分かった。

「アーサー……」

樹里はアーサーを見た。アーサーはかすかに頷いて、樹里を脇に遠ざけると、ジュリの心臓深くに剣を刺し込んだ。

「ついに悪魔が倒れた！」

ケルト族の男たちは全身で喜びを表した。誰もが歓喜の雄叫《おたけ》びを上げている。涙を流している者もいた。

「アーサー王、この恩は生涯忘れない」

グリグロワが剣をしまうアーサーの前に立った。かけられていた魔術が解かれ、グリグロワは初めて笑みを見せた。

「そうだな、忘れてもらっては困る。俺はケルト族と和睦を結ぶと決めているから、この村の後継者であるお前には貸しを作りたい」

アーサーはぬけぬけと言って、グリグロワと固く手を握り合った。ちゃっかりしている。

「おい、女たちの様子がおかしいぞ！」

アーサーと樹里の周りに騎士と神兵が集まってきた頃、ケルト族の男が切迫した様子で走ってきた。ジュリの魔術で操られていた女性や子どもも解放されたが、皆一様に生気を失っており、話しかけられても何も答えないし、反応しないという。

「こいつの死体を焼こう！　まだ身体が残っているから魔術が解けないんだ！」

ケルト族の男が言いだし、燃えやすい木材を集めて、広場でジュリの身体を焼き始めた。ジュリの身体は異様なほどよく燃えた。炎に包まれ、身をくねらすような煙を空高くまで届かせている。炎に包まれる自分と同じ魂を持った者——樹里は自分が心を痛めていることに驚いた。あれほど苦しめられた相手なのに。

ケルト族の者はジュリを焼けば女たちの意識が戻ると思ったようだが、ジュリの身体が焼かれても、状態は変わらなかった。

「マーリン、どうにかならないか？」

杖をつくマーリンに聞くと、苦しげに首を横に振る。よくジュリに殺されなかったと思ったマーリンだが、捕まった際にとっさに顔を変える術を使ってその場をしのいだらしい。とはいえ顔を変える術は今朝解けていたので、アーサーが助けに来なければ危険だった。

「ジュリのあの術は私には解けない。それよりも一刻も早くここを去るべきだ。魔女がやってくるかもしれない」

マーリンはモルガンが現れるのを恐れている。ケルト族の住む山の向こうにあるのがモルガンの棲むエウリケ山だ。距離はあるが、モルガンのことだから、どこからかこの状況を見ているかもしれない。

痛ましい思いで女性たちを見ていたら、ふっと右の手のひらが熱くなった。同時に、自分ならあの術を解けるかもしれないと思った。まったく見当違いかもしれないが……。

樹里は泣きながら女性たちに話しかけているケルト族の男たちの前に足を進めた。

「神の子、一体何を……」

グリグロワが覗き込んでくる。

樹里は魂が抜かれたような女性の前にしゃがみ込んだ。どうしてそうしたのか分からないが、心の声に従って女性の額に右手を押し当てた。戻ってこいと念じる。手のひらから出てきた熱が、女性の心を縛りつけていた糸のようなものを焼き切った。そんなイメージが頭に浮かんだ。

「あ……あ、あ、私、一体……？」

樹里が手を離すと、女性の目に光が戻り、だるい気分を振り払うように首を振る。

「俺の妻が元に戻ったぞ！」

男が喜びの声を上げ、周囲にいた男たちが樹里を畏敬の眼差しで見つめる。

「神の子、私の妻も！」

「俺も！　俺の子どもも！」

樹里はケルト族の男たちにせがまれ、次々と女性と子どもの意識を覚醒させた。

どうしてこんなことができたのか分からない。けれど、あのジュリから出てきた白い靄のようなもの……。あれはひょっとしてジュリの魂だったのではないだろうか。ジュリの魂が自分の中に入り、分かたれていた魂が一つに戻った……。そう思うのは、穿《うが》ちすぎだろうか？　だがそうでなければ、ジュリのかけた魔術をこんなふうに解けるはずがない。樹里には操られていた女性や子どもに糸のようなものが見えたのだ。それを外せば、意識が戻ると直感した。

すべての女性と子どもを元通りにした時、突然、冷たい風が樹里の頬をなぶった。

ハッとして空を見上げると、いつの間にか空が暗く染まり、雨雲が押し寄せている。樹里は急いでアーサーに駆け寄った。アーサーも身構えるように剣に手をかける。

「この前と同じだ」

アーサーはモルガンが現れた時のことを覚えていて、樹里を守るように腕に抱く。騎士や神兵はケルト族の者から武器を返してもらい、身構えた。

竜巻がケルトの村を襲った。必死に踏ん張っていないとどこかに飛ばされそうな勢いで風が通り抜けていく。馬たちが怯えて暴れて、いななく。人々の口から互いを案じる声が飛び交った。

竜巻で柵や小屋が次々に破壊されていく。

『私の子、私の子をどうしたの……』

頭に背筋が凍るような声が響いてきた。それは樹里だけでなく、その場にいた皆の頭に響いているらしい。悲鳴を上げながら空を見上げる者、愛する者と抱き合う者、陣形をとる者、皆が恐怖に顔を強張らせている。

竜巻が去ったと思う間もなく、村の上空に魔女が浮かんでいた。その瞳は憎々しげにアーサーと樹里を見下ろしている。魔女はふわりと村に降り立った。

「おお、なんということ……、私の子を殺したのね……？　何故、お前が生きている、何故……、何故、何故、何故！　私の可愛い子が死んで、何故お前が生きている‼」

モルガンは杖を振りかざした。稲妻が杖の先から迸り、地面を焦《こ》がした。アーサーがとっさに樹里を抱えて逃げたので、直撃を免《まぬか》れた。モルガンは母と同じ顔、同じ声で、髪を振り乱して攻撃を加えてくる。民家に光の矢が当たり、一瞬にして焼き尽くされる。

「何故、アーサー王がここにいる⁉　私の可愛い子を殺したのはお前だね？　憎きアーサー王、それに、樹里……死ぬはずのお前が何故生き延びているのだ‼」

モルガンがヒステリックな声を上げ、杖を振り回した。光の珠が無数に飛んできて、誰もが逃げ惑う。悲鳴と号泣、怒声が入り交じる。マーリンが必死に防御の魔術を使っているが、焼け石に水だ。光の珠をぶつけられる――と思った瞬間、それは樹里たちを避けて横に逸れた。代わりに直撃を受けた木が一瞬にして黒焦げになる。

「ま、まさか、お前……、お前ぇえええ！」

モルガンの攻撃がいきなりやんだ。モルガンは醜悪な顔でわめきながら、抱き合う樹里とアーサーを睨みつける。

「その光る腹！　お前はアーサーの子を身ごもったのか!!　お前が私を倒す神の子だというのか!?　嘘だ、信じぬ、信じぬ！　お前が我の呪いを解くというのか!!」

モルガンは醜く顔を歪め、両腕を上げた。その手の先で恐ろしい勢いで赤く光る珠が作られていく。それはどんどん大きくなって、村さえ呑み込むような巨大な炎の玉となった。あれをぶつけられたら、村が消滅してしまう。樹里とアーサーが無事だとしても、仲間が焼かれてしまう。

「樹里、ネックレスを貸せ！」

アーサーが叫んだ。樹里は首にかけていたランスロットのネックレスをアーサーに渡した。アーサーはネックレスを掲げ、手を天に伸ばした。

「天よ、我らを守りたまえ！」

アーサーは天に轟《とどろ》く声で叫ぶなり、ネックレスをモルガンに向かって投げた。モルガンの近くまで飛んだネックレスは、四方八方に目も眩《くら》むような碧色の光を放った。

『あああああ……ッ!!』

モルガンの強烈な叫び声が脳を激しく揺さぶる。ネックレスの光はモルガンの作った炎を吹き飛ばし、モルガンすらもこの場から跳ね飛ばした。大きな爆発が起きたように、辺り一帯は光で包まれた。

「う……」

あまりのまぶしさに最初は何も見えなかった。

耳も聞こえなくなっていて、どこかの空間に閉じ込められたようだった。けれど、徐々に周囲が見えてきた。キャメロットの者も、ケルト族の者も、皆衝撃を受けて地面に倒れている。樹里はアーサーの腕の中で抱きしめられていた。

先ほどまでの爆風が嘘のように、ケルト族の村は静寂で支配されていた。瞬《まばた》きをして空を見上げると、黒く淀《よど》んだ雲は消え、青空が広がっている。

「モルガンは……？」

地面に引っくり返っていた男たちがよろめきながら起き上がる。アーサーは地面に落ちたネックレスを拾い上げた。魔女の姿はなかった。村は何軒も焼け落ちていたが、人々は無事だった。

「魔女が消えた！　アーサー王万歳！」

騎士たちがアーサーを称《たた》えて快哉《かいさい》を呼ぶ。つられたようにケルト族の者たちもアーサーの名を呼んで喜びを分かち合う。

樹里はネックレスを見つめるアーサーを覗き込んだ。

「モルガンを……やっつけたのか？」

アーサーがネックレスを投げつけたら、魔女は吹き飛んだ。そう見えた。だが、そうではないとアーサーは言う。

「倒したわけではない。このネックレスの力で一時的に遠くに吹き飛ばしただけだろう。見ろ、ヒビが入っている……」

ネックレスの碧石にはヒビが入っていた。地下神殿で得たモルガンを倒すためのネックレスは、

あの大きな魔力を撥《は》ね退《の》けてくれた。しかし、ランスロットを守る石にヒビが入ってしまった……。

「アーサー王、万歳‼」

喜びに沸く仲間とケルト族の声が高らかに響き渡ったが、アーサーはにこりともせず、手にしたネックレスを見つめていた。

ケルト族の村には平和が戻った。

ケルト族の者たちは樹里たちを歓迎し、この恩は生涯忘れぬと忠誠の誓いを立ててくれた。グリグロワの父親であるケルト族の長は、白い髭の老人だった。アーサーの見立て通り、長老は隠居し、子どもに長の座を譲るつもりでいた。グリグロワの兄は病弱で、いずれグリグロワがケルト族を束ねるらしい。

ケルト族の者はアーサーたちに感謝の念を表し、和睦に同意してくれた。ユーサー王の時代には支配下に置くことを第一としていたが、アーサーは力でねじ伏せるよりも、ケルト族の自治を尊重する方針だ。

ジュリによって命を奪われた者は少なくなかったが、ケルト族と和解できたことは何よりだった。

樹里たちは再びコンラッド川を渡り、サンとクロ、神兵のいる野営地まで戻った。アーサーは国を留守にしている。早く帰らねばならないため、帰りは急ぎ足で進んだ。

「クミルは敵の密偵だった。ランスロットは敵の策略にはまり、危険な状態に陥った。今は妖精王が診《み》てくれている」

アーサーはランスロットの不在を皆にそう説明した。クミルがスパイだったという話はホロウを意気消沈させた。ホロウは何度も詫び、この責任をとり、王都に戻ったら神官長の座から退くようだ。マーリンは疑惑を抱いていた男がガルダだったと知り、迂闊《うかつ》だったと歯ぎしりしている。

「短期間であれほど雰囲気が変わるものなのか……」

マーリンは仲がよくないとはいえ、弟の行く末を案じているのだろう。考え込むその横顔には情があると信じたい。ガルダの遺体は見つからなかった。クロが無事だったように、ガルダも逃げ延びたのかもしれない。あるいは野生の獣に襲われた可能性もある。崖から落ちたので無事ではすまないと考えられるが、その行方はようとして知れなかった。

ジュリの骨と灰は壺に入れて、樹里が持ち帰ることにした。あの場に置いていくのは忍びなかったし、モルガンにとり戻される可能性もある。

帰りの馬車には、樹里とアーサー、マーリンが乗った。クロはサンを乗せて、後方にいる。マーリンは闘いの際に折られた右脚が痛むのか、始終暗い顔つきだ。今は板で固定しているが、王都に戻れば、骨を治す魔術が使えるそうだ。樹里が泣こうかと言うと、渋い顔で断られた。

「ともかくランスロット卿の裏切りを阻止できたことは勝利と言っても過言ではありません。ランスロット卿がしばらく復活できないとしても、アーサー王の命を救ったこと、樹里、お前を見直したぞ」

迷い込んだ未来の樹里の世界で何が起きたかは分からない。ただ未来の樹里がランスロットを殺せなかったのだけは確かだ。樹里だってあの時、ランスロットがアーサーを殺したという未来を知らなければランスロットに剣を突き刺すことはできなかった。アーサーを救うことができて、ランスロットに王殺しの汚名を着せなくてすんだのは幸いだった。ランスロットが本当に無事なのか、元通りになるのかは分からない。今は妖精王を信じるしかなかった。

「全部妖精王のおかげだよな。妖精王がアーサーを連れてきてくれたから、どうにかなったって感じだもん」

樹里は隣に座っているアーサーに目を向けた。アーサーの手が樹里の手を握り、不敵に微笑む。

アーサーがいなければ、ジュリを倒すことは不可能だった。それだけでなく、モルガンを追い払うこともできなかっただろう。

「妖精王はランスロットを気に入っているんだろう。だからお前がランスロットを剣で刺したのを知り、飛んできたのだろうさ」

アーサーは肩をすくめて言う。

「それにしてもジュリから出てきたあの白い靄のようなもの……」

アーサーは目を細めて呟く。アーサーの言っている靄については樹里も考えていた。瀕死のジュリから漏れ出た白い靄……あれはジュリの魂だったと樹里は考えている。あれが自分の中に入った時、ジュリは本当に死んだ気がする。

もし、分かたれた魂が一つになることができるなら、母とモルガンも……。

(不確定すぎる。どうなるか分からない)

樹里は頭を振ってこの考えを追いやった。二人の魂を一つに戻すとすれば、母をこの世界に呼び寄せねばならない。しかも相手はモルガンだ。とても危険な賭だ。ただ一つだけ言えるのは、ジュリの魂みたいなものが入ってきてから、樹里は自分が知らないはずのものが分かるようになったということだ。ジュリの魔術を解いたのもその一つだが、それ以外にも、モルガンに対する気持ちが微妙に変化した。

あれも自分の母だという気がしてならないのだ。

恐ろしくて残酷で、人を殺すことを何とも思っていない魔女モルガンに対して、憎しみ以外の感情が芽生えていた。

(こんなことは誰にも言えない……)

ジュリがモルガンを慕っていたからだろうか？　ジュリの魂と一緒に感情まで入ってきたのかもしれない。

「魔女モルガンは、エウリケ山に棲んでいるのだな」

揺れる馬車の中、アーサーが呟いた。マーリンの顔が強張り、無言になる。

「お前は知っていたんだろう？」

アーサーはマーリンをじっと見つめて問うた。マーリンはアーサーに魔女モルガンの居場所を明かさずにいた。モルガンの居場所を知れば、アーサーが討伐隊を出すと言いだすに違いないからだ。

「エウリケ山に行くのは死を意味すること……。あなたがネックレスを空に投げてモルガンを吹き飛ばすまで、そう思っておりました」

マーリンはうつむき加減でそう答えた。

「だが、魔女モルガンを倒すのは不可能ではないと、今回分かりました。樹里の腹の子も含め……、アーサー王、あなたはこの国を呪いから解放する王だと」

マーリンは静かな闘志を秘めた眼差しをアーサーに注いだ。アーサーはかすかに笑い、樹里の肩に腕を回した。

「そうだな、ここに俺の子が宿っている。俺はこの国を救う王となろう」

アーサーの腕が力強く樹里を抱き寄せる。

「――王都が完全に復興したら、エウリケ山に魔女モルガンを倒しに行く」

アーサーの決意に、樹里は息を呑んだ。アーサーは安穏と王座に座っていられるような性格ではなかった。自らの意思で運命を切り開くタイプだ。眩しくて尊敬すると同時に、畏怖を覚えた。アーサーの危険を顧みない雄々しい様は、頼もしい一方で、不安でもある。

マーリンは未来において、一度も呪いの解けたキャメロット王国を見ていないのだ。

「アーサー……」

樹里は気弱な声でアーサーを呼んだ。

アーサーは陽気に笑ってウインクする。

「だがその前に、お前を王妃にしないとな。これで王妃にお迎えすることができますねと皆からせっつかれていることだし」

アーサーに明るく言われて、樹里は目の前の難問を思い出してげんなりした。

モルガンが樹里が身ごもっていることを叫んだので、その場にいた全員に知られる羽目になってしまった。何もあんな大声で言わなくてもいいのに。騎士も神兵もこれで呪いが解けると盛り上がっている。きっと王都に戻ったらあらゆる人たちに言い回るに違いない。

「マーリン、お前、樹里の子どものこと、知っていたんだろう？　戻った時からやけにお前が樹里をかばうから怪しいと思っていたんだぞ。樹里に優しくするお前を見て、俺はとうとうお前もこいつの色香にやられたのかと」

アーサーはマーリンの怪我している脚を軽く蹴って言う。マーリンは渋面《じゅうめん》になって、そっぽを向いた。

「ありえません。アーサー王の大切な子を身ごもっていなければ、誰がこんなのを」

アーサーはマーリンの渋面が面白いのか、ニヤニヤしている。

「これでもう樹里を殺そうなどと思わないだろう？　大体、樹里はお前の弟でもあるんだから、もう少し打ち解けてもいいんだぞ？」

「けっこうです」

アーサーとマーリンのやりとりは、長年親しくしている者特有の気安さがあった。樹里はアーサーを肘で小突いた。

「あのさ、俺、王妃とかマジ勘弁なんだけど。大体、俺男だし、王妃って。それに何産むか、わっかんねーよ？　宇宙人みたいなの出てきたらどうすんの？　つうか、どっから産むの？　せめて王妃とかはホントに子どもが生まれてきたらにしてくれよぉ」

樹里が情けない顔で頼み込むと、アーサーがおかしそうに樹里の背中をバンバン叩く。

「案ずるな、男でも女でもきっと俺に似て凛々《りり》しい子が生まれてくる」

アーサーは樹里の言い分をぜんぜん聞いていない。未来が不安になり、樹里は馬車の小窓に目をやった。

空は明るく澄んでいる。

この景色がいつまでも続くことを願って、揺れる馬車の中、アーサーにもたれかかった。

Camelot Kingdom

7 真実の思い

Feelings of truth

ぼろぼろの身体でモルガンの屋敷に辿りついたガルダは、我が目を疑った。

きらびやかだった屋敷が黒い鋼鉄の塊《かたまり》に変わっていたのだ。モルガンの魔力で維持されているこの屋敷は、今や冷たく光る鉄の要塞になっていた。門は高くそびえ、来る人を拒むように切っ先が鋭くなっている。門の前に立つと自然と開いたので、ガルダはおそるおそる足を踏み入れた。扉が開くと、暗く先の見えない長い廊下が続いていた。床も天井も黒光りして、ゾッとするほど寒い。歩くたびに響く靴音は、この屋敷に人がいないという証《あかし》だった。

(何があったのだろう)

ガルダは痛む足を引きずって奥へと急いだ。

——クミルという人物を装い、ランスロットをだまし討ちした。すべては計画通りだった。だが、ランスロットからネックレスを奪い、油断したのかもしれない。神獣が自分を襲うなんて思いもしなかった。最初の予定では、ジュリが神獣を意のままに操るはずだった。どこから狂ったのだろう。神獣は樹里《じゅり》に従っていた。今回の計画が失敗したのは自分のせいではないと言い聞かせ、ガルダはわずかな慰めを得た。

ガルダは神獣ともつれ合って、崖から落ちた。それから意識を失い、斜面を転がった。全身の骨が砕けたのではないかと思うくらい、激しい痛みを感じた。

神獣は獣という特性ゆえか、ガルダより上手く落下した。怪我《けが》は負っていたようだが、ガルダの手からネックレスを奪い去り、崖を駆け上っていったのだ。

ガルダは痛みに目覚めた時、空を見上げていた。青空に突如として一筋の光が現れた。妖精王だとすぐ気づいた。妖精王は樹里とランスロットを助けに来たのだろうか。ガルダは痛みで朦朧《もうろう》としながら、そんなことを考えた。

樹里に味方するということも考えなかったわけではない。

兄マーリンのように、アーサー王や樹里につくという道もあった。けれどガルダには、どうしてもモルガンを裏切ることはできなかった。

モルガンに対する恐怖は心と身体に染《し》みついていて、簡単に消せるものではない。父でさえ、モルガンに殺されたのだ。死にたくなかった。こんな姿になっていても、まだみじめったらしく生にしがみついている。

(ジュリは……上手くやっただろうか)

ガルダは一晩を崖下で過ごした。猛烈な眠気と眠気を邪魔する痛みに苦しんだ。持っていた薬草で痛みを和らげ、じっと動かずにいた。

翌日になると、少しずつ力が戻ってきた。ガルダは痛む身体を起こし、ぼんやりと空を眺めていた。

空に暗雲が立ち込めたのは、ガルダがうとうとしかけた頃だ。

青かった空が、一面真っ黒な雲に覆われていた。モルガンが動いていることがガルダには分かった。予定ではモルガンは出てこないはずだった。ジュリとガルダに任せると言ったのだ。不測の事態が起きたことをガルダは察した。

経緯《いきさつ》を見守るように空を見上げると、稲妻が何度もケルト族の村を襲っているのが見えた。モルガンが怒り狂っているのが手にとるように分かる。ジュリは失敗したのだろうか？　ジュリほどの魔力を持っている者が何故？　ネックレスを奪われたのが原因だったらどうしようか？　ひょっとして妖精王が樹里とランスロットを回復させて、ケルト族の村へ助けに行ったのかもしれない。妖精王は人間同士の諍《いさか》いには手を出さないと言われているが、絶対というわけではない。それに怒ったモルガンが、ジュリの加勢に行ったのだろうか？

頭の中をいくつもの不安要素が過《よ》ぎって、たまらない気持ちになった。

樹里には何か不思議な力がある。本人にはたいした魔力はないのに、どういうわけかいつも困難を乗り越える。天に味方されているのだろうか？　そもそもモルガンの血を引いた者なのに、何故妖精王が手を貸す？

（母上が怒っている。ここにいても肌が痛いくらいぴりぴりする）

ガルダはケルト族の村の方角をひたすら凝視した。

ふいに——空に眩しい巨大な光が出現した。ガルダは両腕で目をかばった。

再び両腕を下げた時、空は何事もなかったように青空に戻っていた。

(何が起きた⁉)

モルガンの怒りで、すべては終わると思っていた。モルガンは王宮と神殿にこそ入れないが、その二つから離れればモルガンに分があり、最悪の場合、樹里は殺されると思っていた。樹里を殺せば、ジュリは完璧な身体として甦えるからだ。

けれど、空は晴れ渡っている。

モルガンはケルト族の村を壊滅させたのだろうか。それで気がすんだ?

(何か、おかしい)

ガルダはよろめく足で立ち上がり、ふらふらと歩きだした。数歩進んで、枯れ枝を踏むと、いきなり目の前の風景が変わった。

ガルダはエウリケ山のモルガンの屋敷の前に立っていた。

モルガンと自分は繋がっている。こうしてどこにいても、モルガンが望めば無理やりモルガンの屋敷に呼び戻される。

長い廊下をどれくらい歩いていただろう。

奥から呻《うめ》き声《ごえ》が聞こえて、ガルダは戸惑った。これはモルガンの声。まさか、モルガンが、負けた……?

ありえないと否定しつつ、ガルダは声のする方へ急いだ。

モルガンは黒一色で染められた部屋の大きなベッドに伏せって、苦しげな声を上げていた。ガルダは思わず駆け寄り、覗き込んだ。

「ひ……っ」

モルガンの顔を見たガルダは悲鳴を上げそうになって、手で口をふさいだ。モルガンの美しかった顔が醜いしわで覆われていたのだ。髪は真っ白で、目は窪《くぼ》み、どす黒い肌をした老婆にしか見えない。

「その薬を……とっておくれ」

モルガンがしわがれた声で命じた。ガルダはベッドの傍にあった小さな壺を見た。ガルダは柄《ひ》杓《しゃく》で壺の中の液体をすくった。それをモルガンの口に寄せる。

「う、うう……」

モルガンは赤く濁った液体を必死で飲み干す。嚥下《えんか》するにつれて、みるみるうちにモルガンのしわは消えていく。どす黒かった肌は真っ白になり、白かった髪は黒々と輝く。モルガンは美しさをとり戻した。

「なんということ……、おお、信じられない……」

モルガンは長い黒髪を振り乱し、悲痛な声を上げた。

「母上、一体何が……？」

ガルダはおそるおそる尋ねた。

「ジュリが……私の可愛いジュリが殺されてしまった」

モルガンは苦悩に顔を歪め、吐き出すように言った。

「まさか、でも彼は……」

「樹里はアーサーの子を身ごもった！　あの子は私を滅ぼす存在だったのです……っ。信じられない、どうしてこのようなことに!!」

ガルダの言葉を遮り、モルガンが怒りに身を震わせる。

樹里がアーサーの子を身ごもった――ガルダは全身をわななかせた。そんな馬鹿なことがありうるのか？　言い伝えは本当だった？　神の子と王の子が交わり、子を生《な》した時、呪いは解ける――ずっと、ただのおとぎ話だと思っていた。

魔女モルガンの子どもが、本物の神の子だったというのか？

「絶対に子どもを産ませてはならない」

モルガンは落ち着きをとり戻し、憎悪に目を光らせた。

「何が何でも樹里とその腹の子を殺すのです。どんな手を使っても！　ああ、憎い、樹里が憎い。私のジュリを殺したあの子が憎い。八つ裂きにして、臓腑《ぞうふ》をえぐり出してやらねば気がすまぬ。ほほ、そうだわ。あの子の腹を引き裂いて、呪いを解くという子をこの手で握りつぶしてやりましょう」

モルガンは昏《くら》い妄想に、狂った笑い声を立てた。ガルダは背筋が震えて、何も言えなくなった。モルガンはヒステリックな笑いを浮かべ、ガルダに目を向けた。

「私にはまだ愛する子が残っておりましたね」

モルガンは一転して甘やかな声を出し、ガルダに優しく微笑んだ。ガルダは震えながらもモルガンの前に跪《ひざまず》いた。

「怪我をしたのね。ネックレスを奪えなかったことに関しては、許してあげましょう。ランスロットを追いやったのはあなたのおかげよ」

モルガンはうっとりするような艶《あで》やかな笑みでガルダの頬を撫でた。

震えは止まっていた。あれほど恐ろしかったモルガンが、今は自分にとって大切な存在だと痛感する。モルガンに微笑みかけられると、恐怖を忘れ、この人のために尽くさねばという気になるのだ。これもモルガンの魔力かもしれない。けれど、それでもよかった。

モルガンを裏切れないもう一つの理由は、血なのだと思う。

自分は恐怖しつつも、母として子として、この人に愛されたい、慈しまれたいという気持ちがあるのだ。こっけいなことに、幼い頃から自分はモルガンを求めていた。どれだけ恐怖を感じても、心の底ではモルガンの望む魔術師になりたかった。

「さぁ、お飲み。お前には特別にこの薬をあげるわ」

モルガンはベッドから離れ、小さな壷の中の液体を柄杓ですくった。赤く濁った液体はガルダの口の中に注ぎ込まれた。咽《のど》を通りすぎた時、焼けつくように痛んだが、すぐに爽快な気分に変わった。

全身から熱が発していく。あれほど痛かった四肢は軽くなり、焼《や》け爛《ただ》れていた肌は綺麗になっている。それに、髪。髪がすごい勢いで生えてくる。モルガンに手渡された鏡を見ると、ガルダの顔は以前のように戻っていた。火傷《やけど》の痕もないし、髪は肩まで伸びている。

「母上……ありがとうございます。私は、母上のために、尽くします。なんなりとおおせ下さい」

　ガルダは歓喜に顔をほころばせ、モルガンに手をさしだした。

「打てる手はまだあります。お前は王宮にも神殿にも入れるのですしね。それに……そうそう、王宮には私の手駒となりそうな者がまだいるではありませんか」

　モルガンはすっかり自信をとり戻し、妖艶に微笑んだ。

　ガルダは熱を帯びた目で、モルガンを見上げていた。全世界を敵に回しても、この人についていこう。正義だとか何が悪だとか、そんなものは関係ない。モルガンの愛するジュリは死に、目をかけていたマーリンは裏切った。だとすれば、モルガンは残った子どもである自分を愛してくれるはずだ。

（私はこの人に愛されたい）

　心にわずかに残っていた良心に蓋をして、ガルダはそう決意した。

POSTSCRIPT

HANA YAKOU

こんにちは夜光花です。

少年神シリーズも五冊目となりました。私はこのシリーズが大好きで、今回も楽しくあっという間に書けました。今回はなんといっても懐妊ということで……男なのにどうやって産むんだという話はおいといて、このまま突き進もうと思います。

内容的に佳境に入り、モルガンの出番も多くなっております。マーリンとモルガンは書いていてとても楽しいです。樹里たちが迷い込んだ未来の話もどこかで書きたいですね！

あっちの未来ではランスロットが囚われのままですが、この未来ではこの本の流れとは違い和睦交渉に行かなかったりランスロットが裏切るとは思ってなかったりして悪い結末を招いたって感じです。王殺しをしてしまったランスロットの苦悩とか超萌えます。個人的に苦しんで

夜光花　URL　http://homepage3.nifty.com/yakouka/
夜光花：夜光花公式サイト

いるランスロットが好きなんですけど、どこかで救済したいものですね。

　イラストを描いて下さっている奈良千春先生、いつも素晴らしい絵をありがとうございます。表紙の仲睦まじい樹里たちと表紙裏との対比にうっとりして、口絵の妖精王にきゅんきゅんしました。妖精王をカラーで見られる日がくるとは。感激です。妖精王が好きで毎回妖精王のシーンは絵を入れてもらってるのですが、妖精王のひんやりした感じがそのまま絵になっていて本当に嬉しいです。それから今回はグリグロワが！　毎回タイトル絵が楽しみでなりません。もうサンが主人公でいいんじゃ？　って思いますね。

　毎回お世話になっております。萌え絵をありがとうございます。

　担当さん、自由に書かせてもらえて本当に

感謝です。がんばりますので今後もよろしくお願いします。

　読んで下さる皆様、感想などありましたらぜひ教えて下さい。楽しんで書いているので、読み手さんにも楽しんでもらえたら嬉しいです。

　ではでは。次の本で出会えるのを願って。

夜光花

SHY NOVELS

このたびは小社の作品をお買い上げくださり、ありがとうございます。
下記よりアンケートにご協力お願いいたします。
http://www.bs-garden.com/enquete_form/

少年は神の子を宿す

SHY NOVELS340

夜光花 著

HANA YAKOU

ファンレターの宛先

〒101-0065 東京都千代田区西神田3-3-9大洋ビル3F
(株)大洋図書 SHY NOVELS編集部
「夜光花先生」「奈良千春先生」係

皆様のお便りをお待ちしております。

初版第一刷2016年10月5日

発行者 山田章博
発行所 株式会社大洋図書
〒101-0065 東京都千代田区西神田3-3-9大洋ビル
電話 03-3263-2424(代表)
〒101-0065 東京都千代田区西神田3-3-9大洋ビル3F
電話 03-3556-1352(編集)
イラスト 奈良千春
デザイン Plumage Design Office
カラー印刷 大日本印刷株式会社
本文印刷 株式会社暁印刷
製本 株式会社暁印刷

ISBN978-4-8130-1308-2

SHY NOVELS
好評発売中

夜光花

愛と憎しみ、罠と勇気の
ノンストップファンタジー
画・奈良千春

少年は神の花嫁になる

異世界へタイムスリップ!!?

高校生の海老原樹里にはコンプレックスがあった。それは黙っていれば完璧と言われる外見の美しさだ。男で綺麗だなんて、いいことはなにもない！ そう考えて幼い頃から武道を学んだ結果、同年齢相手の喧嘩なら負けない自信がついた。ところがある日、学校の行事で出かけた先の湖に落ちた樹里は、見知らぬ世界に連れていかれてしまう。そこで、特別な存在である神の子として、王子や神官たちと一年過ごすことになり!?

少年は神に嫉妬される

男同士で子どもをつくる!?

神の子として過ごすようになって二カ月、樹里は第一王子のアーサーと第二王子のモルドレッドから熱烈な求愛を受けていた。王子と神の子が愛し合い、子どもをつくると国にかけられた呪いが解けるからだ。初めて会った日、無理矢理抱かれたせいでアーサーが大嫌いだったはずなのに、次第に惹かれるようになる。自分の気持ちが理解できず苛立つ日々を送っていた。しかし、樹里は騎士ランスロットと神殿の禁足地である湖へ行くことになり!?